读者

美丽中国
Beautiful China

舌尖上的春天

本书编辑组 编

甘肃科学技术出版社

图书在版编目（CIP）数据

舌尖上的春天 /《舌尖上的春天》编辑组编 . -- 兰州：甘肃科学技术出版社，2021.2
（"美丽中国"丛书）
ISBN 978-7-5424-2792-2

Ⅰ.①舌… Ⅱ.①舌… Ⅲ.①纪实文学－作品集－中国－当代 Ⅳ.① I25

中国版本图书馆 CIP 数据核字(2021)第 035004 号

舌尖上的春天

本书编辑组　编

项目团队	星图说
项目策划	宋学娟
项目负责	杨丽丽
责任编辑	杨丽丽
封面设计	杨　楠

出　版	甘肃科学技术出版社
社　址	兰州市读者大道 568 号　730030
网　址	www.gskejipress.com
电　话	0931-8125103（编辑部）　0931-8773237（发行部）
京东官方旗舰店	https://mall.jd.com/index-655807.html

发　行	甘肃科学技术出版社	印　刷	三河市嵩川印刷有限公司
开　本	787 毫米 ×1092 毫米 1/16	印　张	13　插　页 2　字　数 180 千
版　次	2021 年 8 月第 1 版		
印　次	2021 年 8 月第 1 次印刷		
印　数	1~5 100 册		
书　号	ISBN 978-7-5424-2792-2	定　价	48.00 元

图书若有破损、缺页可随时与本社联系：0931-8773237
未经同意，不得以任何形式复制转载

道法自然　天长地久
——写在"美丽中国"丛书出版之际

徐兆寿

放在我面前的六本书稿，都是关于生态文明建设方面的文章合集，都在《读者》及其他刊物上发表过，有过广泛的读者群体，现在把它们分类集合起来，重新以生态文明建设的主题呈现给读者，这对当下来讲，算是一个大功德。甘肃科学技术出版社总编辑宋学娟女士是我学妹，是我认识的好编辑，也是这套书的策划者。她嘱我来写这篇序，我在委婉拒绝而又未能拒绝之后也便答应了。但是，当我真正要写这篇文章时，感到好为难。一则没有时间去看完这些文章，不能简单地说好；二则看了一部分文章后，反而对个别文章的观点和倾向有些不赞成，我就明白这是百年来我们数代人走过的曲折的心路历程，真的是摸索着走的，所以有些是要赞赏的，有些是要反思的。

细想起来，我们这一代作家和学者，有一个共同的特点，大多数都是从土里生在土里长大的，后来到城市读大学、工作、写作、研究，因为经历了1980年代的知识爆炸，西方的文化思想相对接触得较多，写作、研究不免有一点西化。对于我来讲，大学四年，除了两学期每周四节课的外国文学外，其他课堂上学的都是中国文学，但手里捧的全都是西方文学，去图书馆借来的都是西方文学名著，四处游走时背包里总是放一本普希金或聂鲁达或尼采的诗集，当然，从古希腊到后现代的西方哲学著作几乎都生吞活剥地读完了，以为自己是一个世界人，"中国"二字有一段时间似乎觉得有些小。

可是，等到四十岁以后，生命自身开始往土里退，总是发现母亲已经苍老，大地也一片荒芜，故乡已无人守护，便情不自禁地往回退，退到故乡写作，退到中国，退到古代。从故乡出发而研究世界，以故乡为原点构建一个文化世界，以故乡为方法重新理解中国和世界。回忆是无穷无尽的。原来觉得中国很小，现在觉得故乡都太大，一生也未必能理解。原来只关心天空不关心大地，现在觉得大地才是母亲，天地人合一才是完美世界。

于是，我们这代人逐渐地从有些盲目的世界撤回中国乃至故乡，然后再从故乡出发，重建中国和世界。一走一回，一生也就这样匆匆结束了。当然，也并非整整一代人都是如此，有一些人始终未走出去，还有一些人走出去就再没回来过，一直在世界上流浪。那些光鲜的人生背后，是他们迷茫的叹息。这也许是整个人类共同的故事。参与世界历史运动，漫游世界并向世界学习，是奥德修斯的英雄故事，但他经历苦难回归故乡、重建国家才是他真正的英雄历程。

我从2004年开始研究中国传统文化，从2008年研究西方文化，十多年来，每给学生讲一个问题，我都会从中西两方面对比去讲，慢慢地我发现中国文化确与西方文化在世界观、方法论上有着很大的不同。理解了不同，也就往往不会拿一把尺子来说事情了，就会对比来看问题，这样对中国文化的信心也就慢慢建立起来了。西方文化的伦理来自两个方面，一个是宗教，一切都有上帝创造，是一神教和一元论思维；另一个是古希腊文化，是科学和理性，或者人们把它叫科学和哲学。两个方面在罗马时代慢慢走到了一起，但在近代又产生了冲突。总体来讲，西方精神一直处于冲突之中。但中国文化不一样，她长期保持稳定。稳定的原因主要在于中国人很早就建立了一种理性精神，这就是朴素的自然观。这种自然观在宏观理论层面是由上古天文、地理学知识建立起来的，即天地人三才思想、阴阳五行、天干地支等，在微观层面也同样把这些宏观理论进行实践。这在最初没有人去怀疑它，但到后来就有越来越多的人反对，到近现代时则被定性为迷信。因为最初的天文地理学知识被搁置起来了，科学和理性精神被放弃了。所以，现在我们必须重新返回上古时代，重建中国人道法自然的科学观，而这样的重建也需要今天的科学和各种人文知识的参与验证。

当我明白这些时，已经到知天命的时候了。当然，它还不晚。孔子研究和写作《周易》《春秋》时已经到五十六岁以后了。我觉得我还有时间去跟着古代的圣人们重新去观测太空，重新去丈量大地、观察万物，还可以用今天的天文学、地理学和各种知识去验证它。这是一种幸福的感受。

现在再来说说即将出版的这六部著作，"美丽中国"是中国共产党第十八次全国代表大会提出的概念，强调把生态文明建设放在突出地位，树立尊重自然、顺应自然、保护自然的生态文明理念，努力建设美丽中国，实现中华民族永续发展。这是本丛书策划的初衷，也是我近年来关注的课题。丛书中所选文章大多数都是我们这几代作家们写的，所以便打着百年来不同代际作家的精神印痕，也便能知道哪些是珍珠，哪些是石子。其中印象最深的是《舌尖上的春天》的开篇《落花生》，以前在课堂上也学过一篇《落花生》，老师讲得入木三分，但那时我没吃过花生，无法理解南方人的情致。那时我们吃的零食很少，最多能吃到葵花籽、大豆、豌豆、炒麦粒，当然还有黑瓜籽、葫芦籽等。花生也在城里见过，但没钱买，没吃过。第一次吃花生大概是到大学时候了吧，才又想起那篇《落花生》来。我没见过花生的花朵，也可能正如南方人没见过我们这边的洋芋花、马莲花、苜蓿花一样。那真是令人终生难忘。读此文，本想要找到一些道法自然的境界来，可读到后半段时，看到的只是人类如何将它作为美餐的各种法子。这才是舌尖上的落花生。花生来到世上，最高兴的当然也莫过于生长顺利，然后盼望能给世界贡献点什么，只是它未必能感受到快乐。快乐是人类的。由此我便想到也许我们百年来读到的很多关于自然的文章，有可能只是能显示出我们人类的贪婪来。这自然是人性了，便为我过去的人生感到可惜，因为我也曾写过这样的文章。后来又突然顿悟，这可不就是五行相生相克的真理吗？使它变成另一种东西，然后再生出新的生命来，如此，大自然方能生生不息。如果它不死，不再转化为别的生命的养料，大自然又如何重生呢？如此一波三折，使我又一次顿悟古老的道法自然的真理来。于是，这部书从这个角度来讲，便也有些意思了。

　　第二个印象便是扶贫。人类在早期处于贫困阶段，所以便与自然之间形成了张力。当自然强大时，万物皆灵，人类很渺小，于是人类就有了多神教，再后来有了一神教。当人类稍稍强大时，便对自然有了理解，所以就与自然和谐相处,这就是道法自然、天人合一等观念产生的基础。但是,人类希望继续强大,终于到了资本主义时代,正如马克思所陈述的那样,在很短的时间内产生了比过去人类生产的财富之和还要多得多的财富,它的腐朽和堕落也便显示了出来。它一方面产生了不平等,很多财富垄断在极少数人的手里,导致绝大多数人处于被奴役的处境,另一方面它以破坏自然为代价,将自然踩在脚下。

所以我总在想,我们老是说我们是贫困的,可我们比古人来讲已经有太多的财富,那么,我们今天的贫困概念是以什么为尺度来判断的,显然,当我们把我们国家放在发展中国家时,就是以西方为标准,在这里,就产生了悖论,即到底什么才是真正的贫困?如果我们的财力、物力、国力超过西方发达国家时,我们就不贫困了吗?我们为此将会付出怎样的代价?我们与自然的关系又将如何?这里面的很多文章多是讲物质的贫困,也有讲精神的贫困,但鲜有从中国古老哲学的角度去反思的。

第三个主题是山川治理。这会使人立刻想到电影《阿凡达》。这是一部反思西方殖民文化和资本主义文化的电影,它强调人与自然的和谐,强调人要回到大自然去,回到人的本位上去。整个西方社会的生态反思行动是从20世纪初开始的,在七八十年代形成一个高潮。中国要晚得多,一直到了21世纪初才开始,但因为生态理念与中国传统文化的价值一致,所以中国人领悟得快。习近平总书记提出"绿水青山就是金山银山",这是从国家层面提出的生态文明治理理念,是很快被人们记住的金句和行动纲领。很多地方迅速行动起来,使生态得以恢复。但是,就西部来讲并不这么简单,还需要艰苦治理才行。这些著作里面的一些文章反映的就是这个主题,它有力地回应了当下中国乃至世界的时代命题。

但遗憾的是这些文章大多数都太实了,少了一些哲思,尤其是少了对中国传统文化生态观的深刻思考。如果能再多些这样的文章，则这套书就非常好了。当然，作为出版者，紧扣时代主题，策划出版这样一套宣传和阐释"美丽中国"理念的通俗普及读物，已属不易，理当为之呼与歌！

2021年春节于兰州

徐兆寿，著名文化学者，教授，博士生导师。现任西北师范大学传媒学院院长，甘肃省电影家协会主席，甘肃省当代文学研究会会长，全国当代文学研究会常务理事，全国文艺评论家协会理事。中国作家协会会员，甘肃省首批荣誉作家。《当代文艺评论》主编。教育部新世纪人才，"四个一批人才"。国家社科基金重大项目首席专家，第十届茅盾文学奖评委。1988年开始在各种杂志上发表诗歌、小说、散文、评论等作品，共计500多万字。

目 录

001　落花生

004　贵阳名小吃"丝娃娃"

006　牛犊面

008　东北菜

013　吃在成都

017　大理的食花习俗

020　来碗艇仔粥

023　雨后春笋

026　云南生活中的甜味

029　西塘，一路吃行

034　小笼馒头

037　舌尖上的春天

039　兰州浆水

042　卤香

045　绍兴的霉食

048　阳朔的美味生活

053　四川泡菜

057　东北人的"大吃大喝"

060　陇之面

063　蒸煮秋天

066　靖江食记

070　花朵的盛宴

073　潮汕粥天下

076　人间至味毛豆腐

079　橘子洲头黄鸭叫

082　鲁南品秋

085　关中大汉"遗遗面"

089　热干面精神

094　故乡的吃食

098　成都的茶馆

100　醋香的日子

106　云南人的米线情结

109　万州之味

112　天津四味儿

117　合肥的气味

120　微醺的泸州，还酿着436年前的酒

124　酒醉东浦

127　西湖的气味

129　双廊——回归古老而宁静的渔村生活

132　用舌尖亲近雨林

138　慢美食

141　腊肉原生态

144　沙湾大盘鸡

147　青团

150　乡愁黏在那碗胡辣汤上

153　蛋炒饭的学问

156　唱歌鸭肠

159　南北稀粥味

165　一粥一饭，当思来之不易

168　拍黄瓜简史

172　一树樱桃带雨红

174　甜

179　舌尖上的乡愁

183　烧　鹅

186　无锡有面

189　市井深处的粢饭团

192　盛夏的杨梅

195　编后记

落花生
蔡澜

花生，又叫落花生，多美丽的名字！

温带地方的七月中旬，绽开着黄色花朵，近看纤纤细细，楚楚可怜，但一开一大片，像在绿色的大地上盖了一层黄色的绒毛，绝景也。有了这个浪漫的名字后，没见过的人以为黄花掉落在地上，就会长出果实。不，不，有人还相信不是花朵，而是花瓣上的露水落地长仁呢。这花大概在清晨六点左右开放，十点钟就收起来，日落后躲在叶下睡大觉。其实花生的花枯了，也不跌落。受精后长成子房柄，紧紧缠着茎而往地下延伸下去，才结成果。

美味的果仁在地底下成长，不被细菌侵入或被鸟儿吃掉，也是大自然神奇的力量。花生是平凡的、朴素的，名副其实、脚踏实地地长成。

把生满叶子的茎一抓，拔起来，根部都是一荚荚的花生，被泥土包着。

水洗之后，一颗颗洁白肥胖的花生就呈现在眼前，这时候恨不得即刻将它们剥开，"咔"的那个清脆的响声，也是独特的。

里面的果仁包着红颜色的衣，有时是紫色。大家以为花生不能生吃，那是水分干了，才有点所谓"臭青"的味道。我在花生田里尝过刚刚拔出来的，那股清香至今难忘。不过花生农夫看到我那副馋嘴相，还是摇头笑道："别吃太多，太多了会肚子痛。"

花生的吃法，仔细研究出来至少有上百种。最普通的是把它炒熟了，这是我最不喜欢的，有时那层衣还会粘在气管或喉咙上，让我咳个半死。收获后即刻水煮最佳，吃了也不会满口油，咬起来软熟，满口香甜。剥完又剥，吃个饱死为止。

比煮更高级的是隔火焖之。小贩们一车车推到街上，看到了非买不可。可惜这种行业已见不到，偶尔在旺角还找到一档，可惜推车的老头走不动时，便在香港消失了。

这种吃法在大陆还很普遍，通常是用一个香烟铁罐当量器，以当地最小的硬币交易，然后把花生倒在一个卷起来的纸筒中递到客人手里。我爸妈看我们带着女伴上街乱花钱的时候，常说当年他们两人只用一个铜板，买了花生在公园中剥，一天很容易度过。

当时我也想这么做，不过没找到一位像我妈那样纯朴的女朋友。水煮后风干的花生也很不错，当今在九龙城的街市经常可以买到，便宜时五块钱一斤，一买就是五公斤，吃个不停，吃完了屁也放个不停。

连壳煮，煮得湿湿的剥开来吃又有另一番味道，但是煮得入味与否，够不够软熟，完全是经验和学问。我在绍兴时试过的几家餐馆，煮花生都做得不错，但是和"咸丰酒家"的一比，就比下去了，没有比他们的水煮花生更好的下酒菜（song，去声。方言。菜肴。），捧着那碗浓得挂壁的太雕，再多来七八碟水煮花生也吃不厌。鲍参翅肚，走开一边吧！

南洋一带，还喜欢把花生用慢火烩干。最著名的当然是马来西亚怡保的万里望。十二三岁时到当地旅行，看街边一档档小贩卖铁罐装的花生，一大桶一大桶十分便宜，买回去后倒出来，才发现桶里塞了三分之二的砂石和报纸，花生只铺在上面一层。人生第一次遇上的骗局，记忆犹新。

出名的万里望有农夫牌和手指牌，认定了去买，才知道有好几个"农夫"和好几只"手指",也不知哪一家是正宗的。难吃的吃起来牙齿咬崩了也不香,好吃的入口即化,吃个不停。家父的葬礼上,守夜之余,全靠万里望,才止住眼泪。

真是爱死花生。尤其是卤水,学问更大。餐厅里开饭之前总有一碟,做得好的话宁愿整晚食之,也不多碰正餐。广州白天鹅酒店对面,有一家叫"侨美"的饭馆,所做的卤水花生一流,叫个十碟,面不改色,但嫌略甜。最好吃的应该是新加坡的一间叫"发记"的潮州餐厅,用卤水鹅的汁去煮花生,天下绝品。

但是花生也有讨厌之处,榨成的花生油,味道就是我最不喜欢的;用花生酱来涂面包,愈吃愈觉得平庸俗气;酒吧中桌前那碟煎花生米,更是没有文化,世上那么多好的下酒,为什么要吃这种单眼镜博士牌子的美国货?

花生还有一个情形之下吃起来最过瘾,那就是在新加坡莱佛士酒店里的"长吧"。当地扔垃圾会被罚款,酒徒们集中在这里面,一边呷啤酒,一边把花生壳丢得满地,以图发泄。

那一年住巴塞罗那,好几个月的西班牙海鲜饭吃下来,吃得怕了。想起花生煲猪脚,想疯了,决定自己做来吃,猪脚能找到,就是没有生的花生,后来托人到产地去才找到几磅,即刻炮制。

先把花生用滚水过一过,去掉衣上的涩味,就可以煮了,和猪脚一起煲一小时三十分左右,又香又软熟,汤不必下味精也够鲜甜。

整锅猪脚花生一个人吃个精光。中国人表现饱的手势是捧着肚皮,意大利人手掌放在喉咙处,西班牙人做双手从双耳流出状。当时我才明白他们形容得贴切,我的确是吃花生吃得快要从耳朵喷出来,大乐也。

贵阳名小吃"丝娃娃"

郑雪梅　张扬

"丝娃娃"是贵阳小吃中最具特色的,乍听这个名字,有点《西游记》中人参果的"味道",为什么叫"丝娃娃"呢?

用一张手工烙制的巴掌大小的面皮,将豆芽、黄瓜、胡萝卜等时令蔬菜切成丝状,一股脑儿全部包起来,放进去几粒炸得金黄的豆子,浇上一小勺贵州特有的糊辣蘸水,塞进嘴里大嚼特嚼,那满口的香辣酥脆,令人久久不能忘记。因面皮包好菜丝时的形状酷似褴褛中的婴儿,贵阳人就给它起了个形象的名字——"丝娃娃"。据了解,丝娃娃在贵州是在几近失传中保存下来的。丝娃娃最早是清末在贵阳出现,贵阳的经济发展在历史上是非常落后的,那个时期人们的生活水平比较低,但对生活又抱着一种向往和追求,在这种情况下,丝娃娃就随着人们对美好生活的追求而出现了。它以素食为主,就是用一些老百姓经常可以看见、自己也能制作、消费得起的菜来做。当时用来做丝娃娃的菜主要有泡菜、豆芽、萝卜等,把它们切成丝,包在面饼里,包的方式很像包出生的孩子,老百姓觉得很形象,就按贵阳的习俗方言把它称为"丝娃娃",它通俗易懂也比较形象,久而久之,大家也就接受了。

粉丝、绿豆芽、莴笋丝、海带丝、萝卜丝以及油酥黄豆等,都可以做丝娃娃的馅。而蘸水也很讲究,它是用酱油、食醋、辣椒、香葱、味精等配制而成的调料，格外鲜香，使外软里脆的丝娃娃更加可口，风味独特。素菜脆嫩，酸辣爽口，在入口的瞬间有一股沁人心脾的清凉，令人无比舒畅。加之其制作原料均为日常食用的蔬菜和制作方法简单，在贵阳的风味小吃中，丝娃娃也许是最便宜的一种。

食客在吃丝娃娃时，可以根据个人爱好调作料，将面饼摊好，然后放上菜丝，拌上调料，仔细包好，再灌入蘸水，就可以吃了。其特点是面饼柔软，菜丝脆嫩，开胃健脾，风味独特，十分可口。

动听的名字、可口的佳肴，使丝娃娃广泛流行于贵阳一带，是人们到贵阳不可不尝的名小吃。将它放入口中，然后去慢慢体会其中的滋味，那真是一种享受。

据说，丝娃娃因为保存并发展了一种快要消逝的街头饮食文化，已经荣获了"大众喜爱的小吃"称号，并入选《中国名菜大典·贵州卷》。过去，受客观条件的影响，这种小吃被老百姓创造性地制作出来，反映出人们对生活的一种追求，变换口味，增加品种，是当时人们在生活追求中的一种满足和享受，之所以能够以百年的历史延续下来，足可见其生命力的旺盛和顽强。

丝娃娃都是用新鲜的蔬菜做原料，它体现出一种以素食为主的、健康的、多维生素的饮食观，所以能让很多的人接受，它适应了社会不同时代、不同层次的人对饮食的需要，这也说明贵阳人在饮食方面的造诣还是很深的。现在，越来越多的国内外人士对丝娃娃情有独钟，在各大旅游城市的小吃街也有了丝娃娃。

牛犊面
照日格图

牛犊面是内蒙古东部地区的特色面食。虽叫"牛犊面",但无论它的原料还是形状,都与牛犊没有任何关系,只是据说一碗牛犊面的奶香能引来周围的牛犊,故称"牛犊面"。

牛犊面的主料是面片和稀奶油。稀奶油的做法很讲究:把鲜牛奶盛进盆里,将其自然放酸之后,上面会结一层稀奶油。所结稀奶油的厚度与盆里的鲜牛奶量成正比,鲜牛奶越多,所结的稀奶油也就越多。稀奶油通常都被放进用纱布做成的袋子里,吊在空中存放。这样能滤净残留在稀奶油中的奶清,稀奶油的浓度就会逐渐增加。稀奶油的浓度越高,做出来的牛犊面就越香。牛犊面的另一个原料是面粉。在内蒙古东部,大多数家庭喜欢用荞面做牛犊面,若没有荞面,也可用白面代替。将荞面或白面和好擀开之后,切成边长约2厘米的四方形面片,等待下锅。

锅热之后,先将事先准备好的稀奶油放入热锅里用文火煮,当锅内的稀奶油微微沸腾时,放入切好的面片,加入少许盐,无需其他太多的调味品。等锅内的稀奶油变成黄油、面片熟透时,即可出锅。

尽管牛犊面是蒙古族的特色面食,却不经常吃。早些年,囿于技术条件,牛犊面只能在夏天和初秋时节吃,稀奶油的炼制过程需要一个适合的温度,夏天和初秋的温度适宜炼制稀奶油。不过随着炼乳技术的提高,现在冬季也能吃到这道可口的面食了。机器提炼出的稀奶油与人工提炼的相差无几，味道同样鲜美。

小时候，只有逢重大节日母亲才会做牛犊面。为了做一顿牛犊面，母亲要做近半个月的准备。每天挤完牛奶之后盛在盆里，等发酵后提炼稀奶油。母亲对每一个步骤都很小心，生怕整个过程中洒了一滴牛奶。蒙古族的习俗中，牛奶是高贵、纯美和善良的象征。牛奶做成的奶豆腐、奶酪、奶油、奶皮等奶食品也具有很高的地位。记得我每次出远门母亲都会弹洒奶汁，保佑我平安。起初我只觉得母亲过于迷信，后来才感知到这一习俗是希望孩子在大自然的怀抱中平平安安。已故的内蒙古大学教授、著名的蒙古族诗人巴·布林贝赫先生，曾写过一首名为《心与乳》的诗，用诗意的语言描绘蒙古与乳汁的关系。稀奶油作为牛奶直接提炼的奶食品，在蒙古族的生活习俗中被看做是上等美食。吃到牛犊面的人一定是远道而来的贵客或受家族爱戴尊敬的长辈。若有朋自远方来，勤劳的蒙古族妇女也会做一顿可口的牛犊面给宾朋享用。

牛犊面的稀奶油看似沙拉酱，但经文火煮过之后变得奶香扑鼻。出锅时面片与奶油融为一体，入口时浓浓的奶香和面片丝滑的口感，让人久久难忘。小小一碗牛犊面里酸、香、咸三味融为一体，让你有一种妙不可言的感觉。看似简简单单的牛犊面，其背后包含着近半个月不为人知的等待与准备，这也正印证了蒙古族的生活哲学：将复杂的生活简单化，让复杂藏在简单背后。

东北菜
施晓宇

说到东北菜，一般人只知道"猪肉炖粉条"，以为到东北人家做客，主人只会上这一道"大菜"，然后让你"可劲造"——使劲吃。自从雪村唱响了《东北人都是活雷锋》以后，加了一道菜："翠花，上酸菜！"撑死了再来一个酸菜系列延伸："酸菜炖粉条"。除此，似乎再没有了。其实，这是一种偏见。

东北菜的制作方法以炖为主不假，品种却是五花八门——炖豆角，炖豆腐，炖萝卜，炖大骨头，白菜炖土豆，小鸡炖蘑菇……在东北，几乎没有什么菜不可以拿来炖的。再就是拿来酱的。酱制的菜肴也很多——酱猪蹄，酱牛肉，酱驴肉，酱口条，酱鸡脖子，酱小土豆……在这里，东北所谓的"酱"，相当于我们南方的"卤"，东北的"酱制品"等于我们南方的"卤货"。东北天气寒冷，常年冰天雪地，东北人吃菜喜欢吃热乎的，增加人体热量，炖菜应该是最科学的烹调方式。也因为东北的冬季漫长，酱制食品制作简单，容易保存，所以东北人喜欢把什么东西都拿来"酱"了吃。

还是因为天气寒冷的缘故，东北人还喜欢生吃食物，以生吃蔬菜为主。比如，东北的菜馆酒楼，都有一道菜叫"大丰收"，也叫"蘸酱菜"。如果你走进一家取名叫"一口猪"的著名连锁店，你点这道菜，不消一刻工夫,服务员就给你端上一大盘数量惊人、鲜翠欲滴的各式蔬菜,有大葱、大蒜、黄瓜、萝卜、春菜、鲜辣椒等,还有一碟子黄色的面酱——不是黑色的豆瓣酱。于是东北人一个个拿起大葱蘸着面酱,拿起春菜蘸着面酱,拿起辣椒蘸着面酱,吃得津津有味,吃得满头冒汗,吃得通体畅快。这种粗犷的吃法,这种简单的吃法,怎么看都透着一股豪放,透着一股大气,看得你是目瞪口呆,不可思议,让你叹为观止,佩服不已。东北人生吃蔬菜,应该说也是科学的。东北天寒地冻,新鲜蔬菜少,补充维生素的机会也少,逮着了,就狠狠地补一把——新鲜蔬菜的维生素含量是最多的,如果煮熟了吃,蔬菜里的维生素大部分就挥发和破坏掉了。

在黑龙江远近闻名的"一口猪"连锁店,只要你一脚跨进大门,领班的小伙子就会用土得掉渣的地道的东北方言大声迎客:"丫头,来'且'(客人)啦!"于是所有身穿东北民族服装的女服务员都会齐声应和:"——哎!"随着那一声带着浓浓乡情的长调落地,顿时给人一种宾至如归的亲切感,仿佛回到了自己东北的亲戚家。等到顾客吃完了告辞走人,那位男领班又会用地道的东北方言在门口大声送客:"丫头,送'且'啦!"所有的女服务员又会齐声应和:"——哎!"就在这一声声令人回肠荡气的"哎"声里,东北菜独特的"土味"再一次扑面而来。

关于东北菜的"土味",单是从菜谱上罗列的菜名就能体现出来:杀锅、乱炖、黑白菜、地三鲜、大丰收、灌血肠、烧笨鹅、油面豆角、咸鱼饼子、凉拌土豆丝、红烧大豆腐……每一个菜名都带着土气,带着朴实,不绕弯子,讲大白话。比之东北菜,应该说,南方菜的烹制会更讲究更细腻也更丰富多彩一些。但是,南方菜的菜谱外地人常常看不懂,有点过分讲究,过分深奥,过分拐弯抹角故弄玄虚。以福州菜为例,福州最有名的菜是"佛跳墙",类似于东北的"乱炖"——将鸡腿、鸭胗、鹅掌、鸽蛋、猪蹄、海参、鱼翅、鲍鱼等一起放入瓮中，用锯末燃起小火煨上三天三夜，然后食之。这道名菜雅则雅矣，美亦美哉，如果不解释，没吃过，谁又看得懂，知道是什么东西？又好比"西施舌"，指的是用福州樟港特有的海蚌烧成的一种味道鲜美的高汤，如果不解释，也没有人看得懂。又比如"中山汤"，这其实也是福州极其普通的一道猪肉汤，只因当年孙中山先生到福州视察，喜欢吃这道菜，所以更名"中山汤"。不解释依然没人看得懂，远不如东北菜名简单明了，干净利落。

　　东北菜除了"土味"，还有"洋味"，还有"朝鲜味"。说到"洋味"，主要是指"俄味"和"日味"。尤其在哈尔滨，许多人的饮食习惯"俄味"十足。比如在哈尔滨最著名的俄式菜馆之一"波特曼西餐厅"，你可以吃到非常正宗的俄式大菜：鱼子酱、马肠子、黑胡椒牛肉、炸洋葱圈、炸大马哈鱼块、俄式浓汤、黑面包、大列巴（一种面包）、格瓦斯（一种饮料）……特别是名贵的大马哈鱼子酱，因为大马哈鱼被过度捕捞，在中国境内已消亡，在世界上也已非常稀有，所以一客昂贵的大马哈鱼子酱只有小小的一勺，佐以剁碎的生洋葱，俄罗斯人、欧洲人、哈尔滨人乃至大部分东北人吃得是大快朵颐。在情调优雅、点着蜡烛的"波特曼西餐厅"里用餐，嘴里吃着别具风味的俄式大菜，耳边飘着柔曼抒情的西洋音乐，眼前是一群健美的俄罗斯少男少女表演的热情奔放的俄罗斯歌舞，每一个就餐客人感受到的服务质量果然与他们的办店宗旨是吻合的——"一切都是尊贵的，消费却是大众的"。最为奇特的是，这家西餐厅提供的面巾纸袋上居然还印着一首诗歌——就是在这样的细枝末节处，你依然能够感受到无处不在、融化其中的俄罗斯式的典雅和高贵。这使得普通到不能再普通的面巾纸袋——在别处用完会被扔掉的纸袋，在这里却被大多数客人带走，小心珍藏。这首印在普通面巾纸袋上的绝不普

通的诗歌是:

　　秋天我回到波特曼
　　在那首老情歌的末尾
　　想起
　　你特有的固执
　　从我
　　信赖地把你当做一件风衣
　　直到你
　　缩小成电话簿里
　　一个遥远的号码
　　这期间我的坚强夜夜被思念偷袭
　　你的信皱皱巴巴的
　　像你总被微笑淹没的额头
　　我把它对准烛光轻轻地撕开
　　当一枚戒指掉进红酒杯我的幸福已夺眶而出

　　在东北,除了有许多满族人,还有不少朝鲜族人。所以,朝鲜族风味的菜肴在东北也十分流行。人们见得最多的朝鲜族风味的饭馆酒楼似乎是"朝鲜平安里冷面店",也许朝鲜平安里的冷面特别有名吧。进得店来,坐下身来,一杯茶还没有喝完——桔梗菜端上来了,拌蕨菜端上来了,红烧狗肉端上来了,盐水狗肉端上来了,热腾腾的狗肉汤端上来了,同样是热腾腾的鲶鱼烧茄子端上来了,然后是凉拌明太鱼干端上来了,朝鲜冷面端上来了……还有大米查粥(玉米粥),还有二米饭(大米、小米混合），还有加了鸡蛋的玉米饼子，还有清亮澄澈的扎啤。如果要归纳朝鲜族菜肴的主要特色，两个字：一是凉，二是辣。好比前面说的那许多菜，只有鲶鱼烧茄子和狗肉汤端上来时是热的，其余都是凉的。

　　说到东北菜，不能不提到鱼。用鱼烹制成各色佳肴是东北菜重要的特色之一。东北有许多全国著名的大江大河：黑龙江、鸭绿江、图们江、牡丹江、嫩江、辽河、浑河、呼玛河、石勒喀河、嘉荫河、雅鲁河……这其中，黑龙江省是全国唯一一个以一条江的名字命名的省份。有江河就有鱼虾，东北的大江大河盛产大马哈鱼、大鳇鱼、哲罗鱼、鲈鱼、鲇鱼、鲑鱼、鲢鱼、鲱鱼、鲫鱼、鲤鱼……还有更多的则是以东北方言命名的：白瓢儿、江条子、牛尾巴、嘎牙路、细鳞、熬花、三花、岛子、虫虫、怀头……如今由于滥捕滥杀，不单单是大马哈鱼、大鳇鱼难见踪影，黑龙江、松花江里的其他鱼类也在以等差级数的速度锐减。甚至，仿佛连水下的鱼类也清楚这一点似的，它们成群结队都游到对岸去了———也就是从黑龙江游到中俄界河的那一方阿穆尔河去了。

　　果真如此的话，坐在黑龙江或者松花江边吃鱼会不会成为遥远的历史和美好的回忆？

　　而东北菜里则不知道会消失掉多少美味佳肴，增加多少悔恨话题！

吃在成都

林文询

我们老祖宗有句至理名言："民以食为天"。无论何人，要生存就离不开吃食。道理很简单，不食之日，也即是一个生命消亡之时。即便今后科技发达到制造出什么元素复合剂，如同今日之药片那样吧，早一粒，晚一粒，不必种田吃饭塞肚皮，那你也还得吃，吃元素。人与动物之不同，吃东西除饱腹之外，还要吃味道，吃花样，吃个舒服，吃个安逸。故而讲究色香味美，吃出所谓文化来。可见吃的是物质，事却关乎精神，吃就不单是生存之需要，也是人类文明之构成。

吃既然如此重要，人类便在吃上生发出许多名堂来。法国大菜、美式牛排、意大利通心粉、日本生鱼片……各国各民族都有自己特色的美味佳肴，展示着各自的文明光彩。中国的食文化更是源远流长，举世闻名。极尽豪奢有排场盛大之满汉全席，至陋至简有乡土味浓的烤红薯、烧山芋；御膳御点自是精美讲究，糊一团稀泥焙烧出来的"叫花子鸡"更令人叫绝；山珍海味不消说了，凉拌一碟小菜也要色香味美兼具……

有道是一方水土养一方人，一方人家吃一方席。偌大个中国，因各地之风土人情、风俗习惯、物品特产及人的口味习尚之不同，自然就吃出各种花样特色，百怪千奇。本来吃就吃了，各人吃了各人好，很正常，但不知是不是吃饱了撑的，人们咂舌品味罢，便要做一番比较，争一下高低，看哪里最是吃都吃地。当然一般都夸自己家乡的吃食好，就跟球迷们都无条件地一致拥戴本土的球队一样，无可指责也并不奇怪。于是便有了京、粤、川、苏四大菜系之说，有了游在杭州吃在广州之论。说说也行，议议也罢，不必太较真。就像成都人爱讲的一句俗话：吃酒不吃菜，各人心头爱。说得极妙。且不说刘姥姥进了大观园，视满桌王府佳肴不如她乡间灶头煨一个土白薯吃着喷香，就是近年名噪一时的生猛海鲜大席或者西式快餐，不少成都人无非是去吃个排场偿个新鲜，吃完了心里便诅咒：什么玩意儿？还不如我们的小火锅、担担面吃得安逸。反之亦是。你要叫口味清淡微甜的江浙人吃川味麻辣烫，他同样要咂舌头：什么玩意儿？至于南国人偏好的蛇肉，上海人喜吃的螺蛳，成都人听听都觉恶心。

其实，口味各有所好，没什么好大惊小怪的。可成都人在吃的问题上，特别自信自得，老子天下第一。什么吃在广州？胡说，吃在成都才是天经地义！

本来，以主食大菜而论，成都并不占多少上风。国人多以米饭为主食，然论特色品种，恐怕首推扬州炒饭、新疆抓饭。成都虽有豆花饭、豆汤饭，但终是上不了大席。而大菜呢，成都人引以为自豪的川菜，固然也如其他几大菜系一样，包括了蒸煮煎炒、凉拌红烧、腌卤清炖，但突出的强项只是炒菜，其他少有绝活精品。而以美食家考评的标准，色香味美诸方面，川菜其实也仅有味一项特别突出。特在哪里？特在味重。无论哪种菜，均偏咸偏辣。豆瓣鱼不用说了，水煮肉片听名称让人以为是清汤白水煮的，端到面前就会吓你一大跳，上面浮满了熟油、辣椒面，外地人还没吃就出毛毛汗了。即或是炒一盘家常豆芽小菜，也要多放盐，更多放干辣椒、麻花椒。一句"麻辣烫"，既道出了川菜风格，也道出了川人风格。

　　严格说，除了偏辣味重这一特点，川菜的用料及烹制方式与各地菜肴并无多大差异。要说最具特色最有风味的，是一种名曰"回锅肉"的炒菜，这是成都人日常最爱吃的家常美味。回锅肉也称"肥锅肉"，正好说明了此菜取料的标准，肉不能瘦而要偏肥，半肥半瘦最好，且必须带皮。回锅肉的"回"字，很能说明这道菜的制作过程及特点。它是先煮后炒，煮时肉成整块，一般至六七成熟即须捞起，待微冷之后再切成片。说是片，其实也可叫块，因为不能切小了薄了，而要略大略厚。成都附近有个小镇名叫连山，连山回锅肉十分有名。名在哪里？就在每一片肉都既大且肥厚，每片约有巴掌大，小指头厚，下力的汉子吃两块也就满肚子是油水，足了。回锅肉煮好切好后，便要再下热锅炒，故而才有了"回锅肉"这样的美名。炒时加蒜苗或蒜薹，调料除酱油外，须用郫县特产的豆瓣酱，还须加少许糖，倘有甜酱则更地道。炒时要掌握好火候，肉微微起卷时起锅最好，俗称"起灯盏窝"。这样一碗肉端上桌，色香味可保俱佳。成都人偏好味重油腻，这回锅肉便正中下怀。它还有一个优点，煮肉的水中再加点萝卜、白菜什么的，又是一锅好汤菜，可谓一举两得，最适合一般百姓家庭日常开伙需要。由此亦可见，川菜正宗回锅肉其实也是一种普通家常菜，价廉物美，不像京、粤大菜动辄显出豪华富贵模样，华而不实，更多满足的是眼福而非口福。成都人对回锅肉情有独钟，正好说明了成都人历来讲求实在的平民性，所谓不管这菜那菜，好吃便是好菜。这回锅肉正对成都人善于居家过日子的胃口。

　　正因为如此，外地名菜、大菜很难闯进成都市场。前几年随着南方的经济旋风吹进蓉城，所谓生猛海鲜、广式早茶也曾经在成都热闹过几天，但也就是几天，成都人尝过新鲜以后便再难回头光顾了，他们还是宁愿吃解馋过瘾、百吃不厌的回锅肉！

在吃的方面，更令成都人引以为豪的还不是大菜，而是小吃。外地亲朋来了，成都人便领他满街去转，走一路吃一路，一路风光皆不同，什么担担面、铜锅面、龙抄手、韩包子、钟水饺、谭豆花、矮子斋抄手、金玉轩醪糟，还有赖汤圆、郭汤圆、三大炮、叶儿粑、夫妻肺片、麻婆豆腐等等，琳琅满目，遍布街市。单听那名儿，你便可以感觉到历史的悠远、风味的独特。而一尝之后，也确实会赞不绝口。赖汤圆之类的甜腻滋润，让你完全明白了何以成都人一提起北方的元宵就嗤之以鼻。夫妻肺片、麻婆豆腐的强刺激劲儿虽麻得你又哈气又流泪，出点洋相，但你还是会竖起大拇指，说不错，有意思。至于那三大炮，糍粑团儿搓成圆球，随师傅手一扬，在依次排列的铜盘里"咚咚咚"连跳三下，雪白一身便沾满一层香酥酥的黄豆粉、花生末，再蘸些红糖汁来吃，吃起来又香又甜，同时还观赏了一遍杂耍绝活。

尝罢成都的小吃，你不得不称赞成都人真有口福，怎么寻常"材料"竟可以弄出这千种花样、色香味俱佳的佳肴来？

这其中的道理并不玄奥。成都人闲适成性，耽于享乐，而大富大贵者少，平民百姓者多，便常在这些小玩艺上下工夫，花不多的钱置寻常之物，七弄八弄，也让自己的口腹得到充分满足。所以过去成都人还有一句顶豪迈的口头禅，叫做"一元钱管饱"，说的就是那些小吃食之便宜，大多只需几分几角钱一份，花一元钱可品尝好几个品种，足可撑饱一肚皮了。虽然近年来物价上涨，但也只花不了多少钱就可以大摇大摆乱吃一通了。这一点，是很令成都人骄傲的。

吃在成都，就让成都人把这顶他们看得十分重的饮食王冠给争了去吧。反正我没意见。

大理的食花习俗

沙平

鲜花入馔，古已有之。早在2000多年前，我国的养生家、道家、僧家，出于养生保健、延年益寿之需要，就常以菊花伴食，大诗人屈原的《离骚》中就有"朝饮木兰之坠露兮，夕餐秋菊之落英"的诗句。云南素有"植物王国""天然花园"的称誉，鲜花入馔更是普遍，民谚"云南十八怪"中的一怪"鲜花当蔬菜"即指此而言。地处滇西的大理白族地区，气候四季如春，温暖湿润，历来被誉为"杜鹃花王国"，山林间除分布着180多种五颜六色的杜鹃花外，一年四季更是百花盛开。当地的白族和其他各族人民，不知经过多少次的尝试，也不知付出了多少生命的代价，才从千百种花卉中筛选出上百种可供食用的鲜花，世代流传下来。于是，"花枝不断四时春"的环境不仅使人们身居美景中，而且这得天独厚的自然条件还可使人们以花卉为美食，从而创造出生活中一道绚丽的"风景"——食花文化。

大理地区可供食用的鲜花有白杜鹃、芋花、金雀花、苦刺花、棠棣花、桑花、芭蕉花、饭勺花、马樱花、山韭花、青藤树花、蜜蜂花、羊奶花、木棉花、白木槿花、荷花、玉兰花、牡丹花、石榴花、桂花、玫瑰花、菊花、金银花等上百种。在千百年的生活实践中，当地各族人民在食用花卉方面积累了丰富的经验，创造出花样繁多的吃法，从而使上百种花卉缤纷入席，化为一道道珍馐美味。

　　大理地区虽然分布着180多种五颜六色的杜鹃花，但大多数有毒，白族群众称其为"毒花"，并深知其花色越深毒性越大，故只取当地漫山遍野盛开的花冠大而洁白、肉质又厚的白杜鹃花食用。采回白杜鹃花后，除去带毒的花蕊，趁新鲜放在沸水中煮几分钟，取出后在冷水中浸泡三五天，每天换一次水，漂去毒素和苦味后，即可把它与蚕豆、咸肉、火腿等放在一起，或煮食、或炒吃、或煮汤、或腌食。因白杜鹃花鲜美可口，故成为白族待客和婚丧筵席上的佳品。剑川石宝山海云居僧尼撰写的《杜鹃花食谱》，从明朝流传至今已有几百年了；如今，石宝山的僧尼能用白杜鹃花烹调出10多种色香味俱佳的菜肴，远近闻名。食白杜鹃花不仅可饱口福，还有帮助消化以及减少体内油脂的作用。

　　野外的芋花、金雀花、桑花、苦刺花等，都可做成各种美食。白族人家对芋花惯常有两种吃法，一是蒸吃，二是腌吃。芋花的味是酸辣中透着香甜，食之有消暑降温之效，是盛夏热天最受人们欢迎的菜肴。将金雀花洗净后，或与鸡蛋、腊肉、火腿、鲜肉等爆炒，或与肉片、豆腐一起煮成三鲜汤，其味香甜可口。民谚曰："吃了金雀花，眼睛不眨巴。"就是指它还有明目的功效。采回桑花漂洗后，炒鸡蛋、炒蚕豆、炒香肠、炒腊肉，都是美味。采回苦刺花用清水浸泡后，或凉拌、或爆炒，其味皆佳，且有清热解毒之功效。

　　大理州的各族群众，历来都有养花、种花的传统，许多人家的庭院里，都种植了各种花卉，既有观赏价值，又能为餐桌提供一道道美味。例如：菊花切碎拌入鱼肉末，可制成菊花鱼丸；用菊花瓣炒蛋或烧豆腐羹，色香味俱全。玉兰花炒肉片、玉兰花炒蛋、牡丹花烧肉，都是名肴。当五月石榴花开的时节，石榴花落得满地都是，可将它捡集起来用沸水煮至变色,滤去水,纵剖两半去掉花蕊,再用清水漂洗数次,无涩味后,便可与腊肉、葱、辣椒爆炒,即成香脆可口的佳肴,它还有止鼻血、止崩漏的奇效。将玫瑰花瓣洗净晾干,切碎与红糖拌匀装入罐中五六十天后,即可制成香醇的糖玫瑰,用它做包子、汤圆和糕点的馅,都香甜味美无比。用玫瑰花、桂花酿造的酒,酒味纯正,芳香扑鼻。可在烹饪时撒上几朵茉莉花做调料,平添美色,清香四溢,撩人食欲。此外,还可以将采集的茉莉花、菊花、桂花、金银花晒干后,与茶叶搀和在一起,就可自制成各式可口的香茶:茉莉花茶、菊花茶、桂花茶、金银花茶等,以供饮用。科学研究表明:可食用的花卉中含有较为丰富的多种营养成分、多种维生素和微量元素,食花有益于身体健康和延年益寿。从春天开始,一年四季中,大理地区的女人们沿袭着古老的方式在山野里采花的生活场景,不由得使人联想到古老《诗经》的诗句:"采采卷耳,不盈倾筐。"将采来的鲜花动手加工,装盘上桌,或泡上一壶香甜的花茶,全家人温馨地围坐品尝着这些来自大自然丰富的馈赠,那是何等的惬意和浪漫……

  花卉,就是这样成了大理地区各族人民生活中普通而又富有诗意的一部分,自然亲切,令人难忘。

来碗艇仔粥
chilly

到过一个地方，若干年后，记得最亲切的往往就是那一串羊肉或一碗馄饨。小吃，大约是一个地方穷富、民风、教化最简练的概括。比如陕西小吃，一言蔽之就是"厚道"。但是，以关中物产之丰和七朝古都的显赫，居然没有什么标新立异的玩艺，可见陕西老乡的一根筋儿。同样，泛舟湖上，独倚围栏，来一碟生煎馒头或笋豆，或是一碗蟮爆面、猫耳朵，或以苏州的核桃糖送一杯碧螺春，便可细品精致实惠的江浙风情；在一片喧闹的夜市上，站着蹲着大嚼夫妻肺片、灯影牛肉，或者干脆来碗辣得你欲仙欲死的担担面，也足以领教川民对口腹之欲的巨大激情；在清晨的武汉街头，到处是端着热干面或三鲜豆皮大快朵颐的人，这个城市由此而开始了俗气而热闹的一天。

然而，我到广州七年，竟然找不到一种可以概括其面貌的小吃。广州无小吃？当然绝非如此，而是广州小吃的档次有高有低，各不一样，非一种风味、一种格调可以概括。

早上一头扎进街边仅容三两套台凳的小店，匆匆叫一碗生滚粥。以煲好的白粥打底，稀稠大约是极浓的汤的程度，滚开后加以酒、生抽、麻油、姜丝和调好味的各种肉类，如牛肉、猪肝、猪腰、瘦肉、鱼片，再滚一滚就投入两片生菜，调味即成。配以金黄松脆的油条，或一碟柔韧爽滑的拉肠粉，一番吞咽后精神大振，有万夫不挡之勇。这是下等人之粥。

也有人睡到日上三竿，几个电话打过，狐朋狗友约齐，优哉游哉上茶楼去。茶楼人声鼎沸，有着可人或吓人姿色的服务小姐们推小车巡游其间，车上或是白气冉冉的蚝油凤爪、金钱肚、虾饺烧卖；或是刚出炉的马拉糕、蛋挞；或是微吐泡泡的滚汤，准备灼几条青碧时菜，烫一碗五彩濑粉。那边还传来煎芋头糕、萝卜糕、马蹄糕、蟹柳卷的缕缕油香。这时，还是来碗粥吧。是老火煲就的花生柴鱼粥、腐竹白果粥、香芋螺肉粥，还是生滚的韭菜猪红粥、水蛇粥、艇仔粥，全依个人喜好。随粥上来的还有一小碟咸菜，一小碟放在粥面上的油炸蛋松。一碗入肚，肠胃被温柔地唤醒，整个人又活了过来，又可以商谈家国大事、发财大计了。这是中等人之粥。

凌晨时分，华灯将谢，喝上等人之粥的人从各类灯红酒绿、衣香鬓影的声色场所出来，携七八分酒意，三两个知己（不妨是红颜），驱车入幽静的楼台之处，自有酒家优雅的灯光与咨客小姐相迎，领到水声淙淙、光影迷离的深处入座，点一锅海鲜粥，海鲜可以是泥蜢、龙虾，也可以是花蟹；或者干脆是备齐各类原料的以白粥为底的火锅，原料必须清淡而味厚，如清远的洲心鸡，"秋风起、三蛇肥"时节的饭铲头，或一掐就满手是水的南瓜藤，或一小撮辣椒叶，佐之以啤酒一杯，小火煎出的甘香番薯饼一个，漫漫讲些饮食男女的传奇，含沙射影的笑话，则既有高处不胜寒的自得，也有富贵如浮云的倦怠。

我留恋广州，就是因为只要是中等资质又不完全是懒汉者，总有喝这下、中、上三等粥的机会。喝下等粥的人，固然以喝中等粥为事业小成的标志；喝上等粥的人，也许有天就打回喝下等粥的原形。而滋味最悠长的粥，则存在于我的记忆深处。那50年前的珠江之畔，夜色深沉，一艘小船的灯火独亮，船摇近了，原来是卖粥的，吆喝一声："一碗艇仔粥！"片刻后即有船家少女奉上青花瓷碗的热粥，内有鱼片、瘦肉、烧鹅肉、粉肠、碎油条、炸花生几颗，葱花与姜丝缀在粥面，求果腹者可以风卷残云，精于品味者可以一啜三叹，好挥斥方遒者可以举箸四顾意茫然，而心如止水者也可以吃得极慢、极雅，好像这是他最后的晚餐。世事之变幻，人生之浮沉，全在这一碗粥中矣！

雨后春笋
朱伟

阳春三月,江南到了细雨霏霏的时节,柳丝在细雨中含烟,春水蜿蜒在浅绿色的雾中,雨丝若有若无,天气乍暖还寒,就到了吃春笋的最好季节。以价值论,寒冬腊月从一尺深的冻土下掘出的冬笋自然要比春笋贵重,但冬笋是毛竹的幼笋,毛竹粗壮,长于深山。古人说它的好处是"紫苞含霜,雪中土膏养新甜";缺点是因睡在冻土中,虚心蜷缩在一起还没成节,清虚不足。另外,因为没出土,也称"黄泥笋",有陈年泥土气息。徽菜的"烧三冬",就是以此笋与冬菇配,调以浓汁,鲜则鲜矣,却凸显了泥土味道。有关吃冬笋,宋代诗人杨万里曾记载了一位老人的煮笋经:刚挖出来的冬笋要用岩下寒泉,不加盐醋,"熬出霜根生蜜汁","寒牙嚼出冰片声";还必须在晚上将余下的羹就着月光吸,才能从淡处知道有真味。这样夸张的吃法,大约只能是名士带着炭火才可为之。

按名士的说法,毛竹笋不够淡雅与细腻。它三月出土,因箨上布满金黄绒毛而称"毛笋",重者一个能达十余斤。这种笋只能用肥猪肉红烧,大块笋加上大块肉,是粗人的食物。

众竹其实在寒冬腊月也悄悄萌芽,在冻土下缓缓爬行的极嫩之芽称"行鞭"。此种鞭若在冬日掘出,会损毁竹根,由此一盘菜可能要毁掉一片竹林。昔日徽商中有人将它挖出置于瓮中,盖上盖,让它不见天日地疯长。等除夕前开盖，雪白一片蜷曲盘绕满瓮，用以炖肉，能成一道好菜，但没有了清新气息。

春笋的清新由于在感春气时破土，被犀利的早春之风磨砺过后才有。我在黄岳渊、黄德邻先生民国时写的《花经》中读到，最早的春笋应该是"晏笋"，"晏"是清静、温和的意思。在农历二月惊蛰刚过的春雨如油时节，晏竹就在料峭的寒风中挺挺然为笋，在"春露冷若冰"时才显娇贵。如何娇贵？南朝时与梁武帝等同为"西邸八友"的萧琛，有"春笋方解箨，弱柳向低风"的诗句，早笋就称"箨"。杜甫的诗句"笋根稚子无人见，沙上凫雏傍母眠"，用雏鸭睡在母亲怀中之描写映衬"春嫩不禁寒"。春笋嫩在刚萌芽成为极娇的空虚，拔节就靠春雨。黄庭坚是懂笋的，他说春笋的好处是"温润缜密"，越早越嫩中见缜，所以为贵。等到真正春和地暖，"无数春笋满林生，柴门密掩断人行"之时，春笋无疑就成了俗物。

古人形容春笋是"素肌玉色"。白居易的"紫箨拆故锦，素肌掰新玉"，是说他将新笋与饭放在一起蒸，然后用手剥，也就是今天的"手剥笋"。但"拆""掰"二字实在令人想入非非。杜甫诗中的"稚子"是前人"稚子脱锦绷，骈头玉香滑"的借用，"绷"是包裹婴儿的襁褓，"骈"是并列，"锦绷"就是绷着的紫箨。那箨层层剥下，润如凝脂，"玉肌腻新酥"，明显又成了女人的身体。南唐后主李煜的"斜托香腮春笋嫩，为谁和泪倚阑干"中，春笋是纤润的手指。

早春笋之娇嫩，令雅士们常不知怎么吃好。《周礼·天官》中说"笋菹鱼醢"，是将笋与鱼碎成酱。什么鱼配笋好？食客们自然想到的最高境界是鲥鱼。鲥鱼不仅肥美，满身鳞片也确因娇嫩而美丽。郑板桥就有"江南鲜笋趁鲥鱼，烂煮春风三月初"之诗句。但从季节说，鲥鱼夏初才进长江，与它相配应该不是早春笋，而是五月的哺鸡笋。刀鱼倒是农历二月就开始上市，所谓"清明之前胃软如绵，清明之后骨硬如铁"，以春笋陪衬，时令上没问题。问题是，此鱼现在价格昂贵，清蒸时饭店却往往配以"李锦记"特用酱油，那酱油好是好，却蒸什么鱼味道都会雷同，碰上刀鱼春笋之谈，就会本末倒置——吃到的都是浓汁。

春笋味淡，需浓汤越煨越嫩。鱼笋既然难以长时间相煨，才选择咸猪肉。但猪肉与笋相配，鲜却肥腻，于是只能选择雪菜。雪菜素，味觉可与鱼媲美，未变黄时色为深绿，配以雪白的笋丝，味觉、视觉都好。但它刚腌成时是深绿，时间一长颜色就变了，所以，与它配的还是冬笋而非春笋。

春笋独立成菜，最有名的是"油焖春笋"，但它的味道靠过油、酱油与糖焖，调味压过本味。佛寺中的清净是以清笋配干丝，或者春笋豆腐为羹，素淡做到了，味道又不足。佛家有道名菜叫"象牙雪笋"，以嫩笋弯曲成象牙状，雪菜为衬，名称雅极。从时令看，嫩笋弯曲倒像杭州菜中的"凤尾笋"，弯曲的方法是将笋剖开后在冷水中激成，但"雪菜青绿笋雪白"，没有春色骀荡，还是一道冬天的菜。

我由此觉得，春笋娇嫩的色相只能在想象中。

古人有关记笋的经典是宋朝临安名僧赞宁留下的两卷《笋谱》，其中载有九十多种有名称的笋。现在，各种竹、笋的品名已不好辨认，各自时令、品性自然也无从谈起。但公认最好的笋应该出自天目山与九华山，也许因为其竹、笋浸染了佛家禅境的缘故。两山竞争，自然还是天目为上，前提就因为赞宁的《笋谱》。赞宁还写有《物类相感志》，其中就有天目山僧人嗜笋的记载，有诗云："山中人事违，天眼中修定。我本无根株，只将笋为命。"

云南生活中的甜味
张家荣

从味道上来讲,甜也许是最美的。我想人类在很久以前,就一定喜欢两种味道,一种是咸味,另一种就是甜味。只不过咸味是必须的,是生命的底色;而甜味则是生命的花朵,令人在味觉上感到舒服,是一种享受。

人类在知道了甜味后,就想着要把它保存下来,因为水分干了之后,甜味也似乎"消失"了。在经过漫长的探索之后,人类把甘蔗从野生种培育成栽培种,这可是人类糖业史上最伟大的一步。然后就发明了榨糖装置,榨出了汁,经阳光晒干后,保存下来的东西更甜,于是糖产生了,成了继盐之后的第二种块状调味品。它们是民间对美味的创造,是智慧的灵光闪现,是生存经验的可贵积累。

在云南的交通史上,茶马古道久负盛名,而糖在其中的作用不可低估。想当年,在云南的古道上,内地的商人把贩运糖作为发财的手段,糖造就了一些富翁。

云南生活中,也有一些令人不易忘怀的"甜味"。

麦芽糖,很多地方叫"白糖",有的地方也叫"丁当糖"。这种糖在我们云南当地是相对于甘蔗做的红糖而言的,因旧时没有现在意义上的"白糖"(白砂糖)。麦芽糖分为两种,一种是大块的,用麦子发酵做成,很坚硬。卖时，卖糖人一手提个小铁锤，一手拿一个小铁垫，"丁丁当当"地敲，弄出些声音来，也算是广告。想买的人自然停下来，钱递过去，一块"白糖"就递过来。白糖是硬的，时间一长，它就变软了，很粘手，那是因为温度升高的原因，所以得尽快吃。

这种白糖还有另一种吃法，那就是用筷子串起来在火上烤，直到表面发黄，里面变软，吃时别有风味。乡间人如果感冒咳嗽，就是用这种土方法治疗。有时想吃它，就希望自己咳嗽。另一种麦芽糖我们称之为"索子糖"，我们把绳子叫"索子"，意思是这种糖像索子。它呈黄色，做成小臂粗细，里面有馅，多是苋菜籽用油炒过后的美味。这种糖软，圈成团状，用炒过后的麦面包着，以免粘在一起。一般和上面提到的白糖一起被卖，担子的一头装白糖，另一头就装索子糖，想吃糖的人报出数量（钱的数量），一剪刀剪下去，它就是你的美味了。

还有一种更漂亮的糖称之为"丝糖"，这种糖的形状和颜色都跟索子糖相似，但它更细，细得像头发丝那样，买的时候当然是很整齐地卖给你，吃到嘴里就化了。

如果在我们的童年没有米花糖，那么生活肯定是缺了一味。米花糖有很大的市场，直到现在还深受乡间人们的喜爱，一方面是因为味道好，另一方面是因为容易制作，许多地方的农村人家都会做。直到现在，你仍能在云南乡间的集市上看到米花糖。当然云南民间还有其他甜味食品，比如"麻依馓子"就是一种甜食，实际就是面粉包上糖再用油炸出来的食品。在过去油糖很少的年代，做这种东西和吃这种东西都有些奢侈，当然也就难得吃一回了。现如今，这种馓子由于油多糖重，显得有些腻了。

还有一种叫"裹碟子"，也是一种甜味面食糕点，只不过不是蒸的，而是炸的，比较硬。小时候家里来亲戚，都会带一包这样的东西。而大人怕小孩子一天就吃完,自然就把它藏起来,嘴馋的小孩会在大人去干活的时候,翻箱倒柜地找,然后偷偷地拿一块吃。

我们对糖的向往只属于无糖时代的记忆,只属于一种"历史现象",离开了当时的环境,它就会被搁到一边。也许,它的味道只属于我们的童年时代的。

在一些地方,我依然经常见到它们,但没有去尝,因为我怕那样会搅淡了记忆中的甜味。

西塘,一路吃行
宋慧明

"春秋的水、唐宋的镇、明清的建筑、现代的人"是西塘的形象,其传统小吃更传递着特有的文化底蕴。

西塘这样比较出名的古镇,本不是我特别中意的目的地,因为周庄的过度商业化,连带让我对交通方便的西塘也有这样的担心。不过既然顺路经过,还是做了短暂停留,而西塘轻易就将带着偏见的我俘获。在客栈放下行李出来,走了不到十米,我就对这个地方很感兴趣。因为沿路两旁都是各种各样的小吃摊,种类之丰富让我开始为自己来之前没做什么功课而感到后悔。走了不到百米,我已经爱上了这个地方,这里依旧淳朴的民风更是出乎我的意料。

熏青豆是我出门买的第一样小吃,西塘沿街几乎每家店都设有炭炉现炒现卖,青豆青翠嫩绿如细碎的翡翠,很诱人。在小吃很多而肚子容量有限的情况下,我只敢买一小包先尝尝。扔一颗进嘴里,起先仿佛淡而无味,渐渐地就有了一种清香,微咸而甘,带着熏制品特有的气息。这种江南人家的家常小吃,用的是毛豆,虽然做法大同小异,但每家的"产品"都有各自独特的味道,可以免费试吃,然后再挑选最合自己口味的买。这是真正适合随身而带的小吃,当走累了小憩时,可以边看风景边细细品味,那真是再惬意不过。

这里卖小吃的摊子比比皆是，在哪个摊子前停留购买，有时候全是缘分。我们在一个卖芡实糕的铺子前停下脚步，完全是因为切糕的女主人和蔼可亲的笑容，她轻声招呼我们品尝。芡实糕的主要配料是糯米粉、白糖和芡实（又叫鸡头米），乍一看有点像云片糕，但白色的边夹着中间是咖啡色的糕体。初入口也没什么特别，但不一会儿就有一股带着桂花味的清香从舌根处沁上来，一时整个人似乎都被那种淡淡的清新气息笼罩了。恰如进入古镇的感觉，初时不觉得特别，但稍稍待上一会儿就会离不开。因为第二天下午才走，我告诉女主人明天走之前再过来买，她也是淡淡地笑着说好，全无担心我们只是一句应付而怂恿我们现在就买。后来这一路我们感觉到，古镇里很多卖东西的人都有这种淡然的气质。

粉蒸肉这种大块头的小吃被我们列入第二天的计划，怎么也不能视而不见的是小巧玲珑的"一口粽"。"一口粽"如婴儿拳头般大小，用细细的棉线系着，有用鲜肉、赤豆、红豆沙、冰糖红枣等做的，入口绵软香甜。最要命的是居然一个只要五角钱，真是致命的诱惑。西塘镇隶属嘉善县，嘉善又归嘉兴市管辖。嘉兴的粽子出名已久，米好是原因之一。嘉兴古代叫做"禾"，稻谷之意，所以嘉兴也叫"禾兴"。江南一带出好米，是著名的鱼米之乡，不少地名都和米有关，如苏州、常熟、太仓、稻香村等。因米好、料足、捆扎紧而更香甜，西塘的粽子如今已经成为小镇主要的特色小吃之一。

走到永宁桥，老远就看见写有"陆氏馄饨"的布幌子。小巧精致的馄饨挑子一看就很有历史，冲着馄饨挑子的历史，还有简陋小长桌前的吃客都是放学回家的西塘人家的孩子的分上，虽然已经很饱，我们还是每人要了一碗。煮好的小馄饨端上来，倒是颇有点像厦门的扁食，皮薄如蝉翼，肉的分量很轻，撒了葱花的汤里似乎看不出什么秘密，但特别鲜美。

天色开始暗下来，吃晚饭的时间到了。吃晚饭的地点我们早在白天就已经侦察好了，在"送子来凤桥"附近，露天的餐桌可以摆到河边，旁边有一棵美丽的樱花树，正值花期，树枝上满是成团的粉色花朵，粉色花瓣星星点点地落在周围的石板上、草地上。点的菜有颇具西塘特色的"蝉衣包圆"，虽说只不过是豆腐衣包野菜和肉末，但那豆腐衣特别好吃，野菜有一种独特的清香；"椒盐南瓜"外面是咸的椒盐，里面是甜的南瓜，又香又糯，平时不太爱吃南瓜的我也垂涎三尺；"老鸭馄饨煲"汤鲜肉香，尽管基本不饿，我还是努力喝干了最后一口。吃完饭在河边小坐，有乌篷船从面前驶过，留下水乡妇女的江南小曲儿在空中飘荡。一阵微风将花瓣从树上纷纷吹落，就像是下了一场花瓣雨，此时的我恍惚间已忘了自己置身何处。

第二天早晨起床的时候，心情十分愉快，因为这一天还有很多美食等待着我。当要经过"老马粉蒸肉"黑底金字的招牌时，刚好赶上主人掀开门口的大笼屉，用水壶往已蒸了一会儿的粉蒸肉上浇了一圈水，再盖上盖子，偷偷溜出来的香气将我勾了进去。坐在八仙桌前，菜未上桌，先闻到了荷叶的清香。荷叶里面的豆腐衣包裹着面粉，粉里裹着五花肉，吃起来口感香糯而不油腻。别处的粉蒸肉都是长方形，四元一块。这里的是摆成正方形的，五元一块，但个大好吃，物有所值。我们的运气还不错，因为回家之后上网查资料才知道，"老马粉蒸肉"是西塘最受好评的粉蒸肉之一。

在永宁桥头"烧香港"的牌子下，我邂逅了一副年深日久的木头挑子，卖的是"钱氏豆腐花"。卖豆腐花的钱老先生身着蓝色长袍，头戴黑毡帽，和古镇的环境倒是很相配。豆腐花有咸和甜两种口味，咸的就是淋上酱油，撒上紫菜丝和虾皮，喜欢的话还可以加上辣酱和榨菜等。每当有人来吃，老人就用扁勺从木桶里舀出热气腾腾的豆花，然后用小勺从一个个白搪瓷杯里舀点调料撒在上面，装酱油的容器居然用的是紫砂壶。那水嫩水嫩的豆腐花入口非常滑溜，在嘴里滚来滚去的奇妙感觉真让人难以形容。见我们吃得竖指称赞，老人很自豪地说："石磨磨出来的豆腐花味道好，一会儿就卖完了，卖完就收摊回去。"

过了"烧香港"前面的桥，继续朝前走，不知不觉就走到了西塘的非游客区。依然是沿着河边走，依然处处是老宅子，但少了游客，少了红灯笼，少了卖东西的摊子，已全无商业气息。谁能想到在巷子的深处，竟然看到一座西方的十字小教堂，与东方的白墙黛瓦相安为邻。更没想到就在此时，一个阿婆推着三轮车经过，眼尖的我看到三轮车上有一白一绿两样小吃，心中大喜，赶紧招呼阿婆停下。绿的是青团子，这种糯米做的小吃只在清明节前后才有。绿色的是用麦浆草的汁液做成的面皮，里面包的是肉馅。和阿婆精心制作的青团子比起来，前面在古镇游客区吃过的灰绿色青团子简直就不能叫"青团子"了。白色的是大方糕，每个上面都点着红圈圈，形状四四方方，有些像莆田的茯苓糕，但中间包有清甜的红豆馅。看阿婆骑着三轮车离去的背影，满足之余不禁窃喜，这种好运气竟然能让自己碰上。

返回时经过塘东街，又吃了一次芡实糕。在西塘第一次吃芡实糕是因为卖主的笑容，这第二次竟然也是。不同的是店主微笑着看我们的同时，手下依然下刀如风，而这样盲切出的一片片芡实糕竟也薄厚均匀，这位师傅的刀功着实了得。他很憨厚，并给我们展示了这把特制的大刀：上窄下宽像把斧头，一面平滑如镜，另一面则略有厚度，这样切出的糕片不会粘在一起。走之前我们买了这里的和前面提到的第一家的糕。回去后发现，另外一家的芡实糕已经重新黏成整块，而这家的芡实糕不仅不黏，而且还清甜如昨。

从即将告别的时刻起，我就开始期盼着下次有机会再来。"漫漫村落水流沙，清明初过已无花。春寒欲雨归心急，懒住扁舟问酒家。"明代诗人高启的《过西塘》，将是我下次到西塘之前心情的最佳写照。

小笼馒头
梅玺阁

上海人用馒头指代包子已经到了"炉火纯青"的地步,练就了"望文转读"的绝活。比如许多上海人看到菜单上的"小笼包"三个字时,嘴里却自然而然地叫出"小笼馒头"来,而且对"肉包"和"菜包"的叫法一律如此。

上海人对于面食的感情和西北人完全不同,在西北,面食是主食,而在上海,稻米则坐了头把交椅,面食则成了一种点缀。上海人并不是不喜欢面食,无奈没有北方人血统的上海家庭,在家中怎么也整不出像样的面食来,最多也就只能煮碗面条而已。

这样,"小笼馒头"就成了上海人"解面食之馋"的一种恩物了。上海的小笼馒头究竟是什么样的呢?小笼馒头当然是用小蒸笼蒸的,小一点的蒸笼放四五个,稍大一点的可以放十个。不管多大的蒸笼,一客(份)就是一笼。所以很奇怪,上海一客小笼馒头究竟有多少个,是没有定数的。做小笼馒头用的面是未经发酵的,用面粉和水搅拌后直接揉出来,擀成极薄的面皮,再包入事先拌好的肉馅,用手捏出一排漂亮的小褶子,顶上还留有一个小孔,非常漂亮。

小笼馒头的肉馅是用纯肉剁成,不用葱姜和其他任何作料,只有盐、糖和料酒三样,所以口味很淡,保持肉的原汁原味。肉馅里还有一样东西,叫做"肉皮冻"，是用猪皮熬制后冷却而成。肉馅里拌了肉皮冻，蒸后肉皮冻化开，就成了小笼馒头的汤汁。

然而，在肉馅中拌入肉皮冻实在是件"似易实难"的事。过去没有冰箱，光是要制成合格的肉皮冻就是个挑战，做得稠一点容易冻起来，然而成本却太高；煮肉皮时多放点水吧，就是一大锅汤，冻不起来。制成了肉皮冻后拌肉馅，放少了没有汤汁，放多了肉馅变得湿淋淋的，不容易包起来，而且汤汁太多吃了则会发腻。

汤汁是小笼馒头的精髓，偷懒的上海人在此又省略了一个字，成了"汤"。所以北方人要是看到上海人只吃小笼馒头，还一直在念叨着"汤"时，指的就是小笼馒头里的汤汁。

一家好的小笼馒头店，不仅仅是将小笼馒头一蒸就完了，它追求的是"让每个小笼馒头里都有汤，并且让这些汤都能送进顾客的嘴里"。

小笼馒头一定要用竹蒸笼隔水蒸，竹蒸笼的透气性好，不会把小笼馒头蒸得太湿，却又能很好地分散热量，如果是用新的竹蒸笼，还有一种特别的清香呢。好的店家每次蒸过小笼馒头后，都要仔细地洗净蒸笼，特别是笼垫，不仅是为了清洁，更主要的还是为了防止馒头粘在蒸笼边上或笼垫上。小笼馒头的皮极薄，一扯易破，所以一定要洗净蒸笼。你若是见到有的商家只有那么几个蒸笼，而且反反复复地蒸也不见他洗笼垫，那你还是不要吃为好，因为你即使有天大的本事，还是难保不会弄破那么一两只的。没有吃到小笼馒头的"汤"倒是小事，把心情弄坯了可不划算。如今有的店家投机取巧，在小笼馒头下垫上一片胡萝卜，主意是不错，但总觉得有些怪怪的。

说到吃小笼馒头的本事，又有许多可以说的了。吃小笼馒头要蘸放了姜丝的米醋，蘸醋可以去腻。镇江醋太酸颜色又深，米醋正好。吃小笼馒头要有些筷子功，轻轻地用筷子夹在小笼馒头的顶部，慢慢地提起，因为夹得太轻提不起来，而提得太快又容易破，所以有耐心的人才能享受到此道美味。夹起小笼馒头后，有许多人没有本事移到醋碟里，很多人夹起后快速移向自己，小笼馒头半途滑落，掉在醋碟里，溅得一身是醋。这种吃法，仿佛是将小笼馒头"扔"进醋碟里。

聪明的人往往先用调羹"接一接"，然后送到醋碟里蘸一蘸，再放回到调羹里，轻轻咬破小笼馒头的一边，慢慢吸食汤汁，然后再把调羹轻轻放入醋碟，让醋流进刚才咬破的小洞，随后用筷子夹起，咬下半只来。这时一定要用筷子夹，若是直接用调羹送进嘴里，那就是"就醋送馒头"，实不足取。老顾客都是用筷子夹起咬剩的半只，把调羹里剩下的醋汁倒入，让醋能够分几次充分发挥作用。

老顾客并不只是善用醋而已，他们对于蒸小笼馒头也很讲究，他们最不能容忍的是蒸好了取下却没有卖出去，当顾客要买时又将其回到灶头再蒸的做法。哪怕是现蒸，蒸的时间太长或太短都不行：时间太长，小笼馒头的皮就塌了；时间太短，外皮粘牙。那些老顾客们往往要求吃一笼上一笼，而且吃一笼的时间也正好是蒸一笼的时间。

卖小笼馒头的大多是饮食店，过去顾客必须先买"筹子"（如今已改成电脑小票了），再用筹子换小笼馒头。有些老顾客买好筹子后，不是一下子全都交给服务员，而是分几次交，为的就是要追求一个"新鲜出炉"。

有许多人吃小笼馒头时，再配一碗"鸡鸭血汤"或"油豆腐粉丝汤"，这些汤也是上海特色的小吃。然而老顾客却没有这样的吃法，他们一般都不要汤，即使要汤也是"蛋皮清汤"。问他："这是为什么？"他说："汤会冲淡小笼馒头的美味，小笼馒头也会影响汤的特色。若是要'吃汤'，下回专门来。"

舌尖上的春天

周家望

春萌万物，草长莺飞时节，食不在精，脍不在细，惟"鲜""嫩"二字方识得春肴三味。

春天的美味似乎不必到处寻找，在我辈老饕眼中，走出门外便俯仰皆是：杨树梢上毛茸茸的"杨树狗儿"，形短粗而色绛红；绿柳枝上拱出的春意，芽似绿桑葚，叶如新龙井；至于湖边林下的马齿苋、荠菜、苦菜、蒲公英……在润如酥的小雨过后，青枝绿叶，鲜嫩无比。

每到斯时，提一竹篮，或挎一布兜，竹刀木铲带在身旁，乘兴而去，因情所至，采撷这些舌尖上的春天。挖野菜，切不可用铜铁之物，否则金属锈味侵入野菜清香，已然减分，失了一番菜根香。野菜不取粗枝大叶者，也是为求其鲜嫩。"鲜嫩"有标准吗？清代满族贵胄家里吃油菜，据说只选从菜心里往外数的第三片叶，因为里面的是"芽"，尚未长成，太嫩则无菜味；外面的是"叶"，老而多筋，已不是"菜"了。只有这尤物般的"第三片"，才是名副其实的"菜"！

我辈蓬蒿人，从菜市场买回来的蔬菜，自然不敢如此"讲究"或曰"糟践"，但只为尝春日一口鲜，却不妨在"野菜"上极尽精挑细选之能事，务求嫩得香齿颊，鲜得沁心脾。旧时将挖野菜称之为"挑野菜"，即是此意。

携得一篮春芽归，自然要精心侍弄。体态肥厚、面如重枣的马齿苋，可以沸水轻焯，先洗个"热水澡"，然后使之炒鸡蛋、和馅蒸包子，皆有出色表现。"凤冠霞帔"的蒲公英，最善解毒消肿，焯过之后，凉拌、炒食、调汤俱佳，尤以海蜇皮拌蒲公英味道独绝。"烫着鬈发"的蕨菜，喜欢与荤为伍，蕨菜炒里脊丝、蕨菜扣肉，都是肥而不腻的可口菜。荠菜则专取其嫩叶或越冬的芽，是做"野菜水饺"的首选馅料。

记得幼时，在我家的胡同中间，有三棵两人合围的大杨树，每到春节过后不几天，红彤彤、胖嘟嘟的"杨树狗儿"就呼啦一下爬满了树梢。从下面望上去，密密匝匝，成千上万，那简直就是无数刚剥去外壳的麻辣小龙虾！找根细竹竿，爬上房顶，照着"小龙虾"聚集的地方，"乒乒乓乓"一通乱敲，"小龙虾"就会落一地。拣肥嫩的挑上一脸盆，端回家去。大人把它们用开水焯一下，滗干，切成碎末，厨房里便弥漫着一种柔嫩的清香。在"虾料"里加入盐、香油、酱油和花椒油，拌上些许玉米面，遂成馅料。另用温水和玉米面，稍饧一下，包"杨树狗儿"馅的菜团子。晚饭时候，熬点香喷喷的小米粥，就着切成细丝儿的稻香村玫瑰大头菜，吃上两个刚出锅的菜团子，实在是"枝头春意碗底香"啊。

吃罢菜团子，柳枝抽芽，无疑又多了一道暴腌儿凉拌菜。紧接着"春城无处不飞花"，榆钱儿烙的薄饼、鲜玫瑰馅的发糕、紫藤萝花烤的西式小饼，在春风春雨的锣鼓声中次第出场，各领一段风骚。及至一碗用鲜倭瓜花调制的羹汤端上桌时，已经是"听取蛙声一片"的夏天了。

舌尖上的春天，确实等不得。

兰州浆水
文佐

七月的天,一个字:热。用"闷热""炎热""酷热""火热""火炉""蒸笼"比喻,一点都不夸张。南方如此,北方如此,黄河穿城而过的西部城市兰州也是如此。

气象台的同志日复一日地"苦口婆心":要注意防暑,要多喝水。兰州人也喝水,不过水喝得再多似乎也不过瘾;兰州人也爱喝酒,大热的天喝白酒容易上火,那就喝啤酒,啤酒填肚,却不怎么解渴;好,那就喝浆水。这是不是兰州的特色,我不是很清楚,至少我去过的一些城市没有浆水。浆水不是一般的水,也不是饮料,更不是什么时髦的、含有先进科技成分的东西,它只是家庭主妇们拿手的一种绝活,只是在这个季节兰州万家灯火中的一道风景,只是男女老幼鼻息间的一股清凉,一抹鲜香。

浆水是酸的,但不像醋那么刺激,也不像酸奶那么厚实,它的酸中有一股清淡,有一股质朴,加上细碎的香菜,再加上大粒的花椒,不要说喝了,只是闻一闻,就已经让人垂涎三尺,往往来不及细细品尝,就已经一口气喝了个"水饱"。

浆水好喝,做起来却没有那么简单,甚至很"繁琐"。城里的家地方小,摆不下大盆大缸,就是有足够大的地方,也不能做太多的浆水,否则,一时喝不完，就要被无孔不入的细菌蚕食了。于是，一次只能少做一些。做浆水前，先要到菜市场去选菜，因为菜的成色决定浆水的成色。做浆水的菜也因人的喜好不同而有所不同，可以是芹菜、白菜或萝卜，还可以是各种蔬菜相混合。据说，萝卜和葱相混杂的浆水色、香、味俱佳，我却没有品尝过，也是一种遗憾。

菜选回来，用水洗干净后，把菜叶或菜梗放入有浆水酵子的坛坛罐罐中，再加入开水或者煮过手工面条的汤，用筷子搅拌均匀，然后将口子密封，让它继续发酵。之后一天至三天后，去掉盖子时，就已经有缕缕的清香往鼻孔里钻了。舀一口尝尝，那酸酸的味道真是格外清爽。不过最好不要"生"喝，用葱、蒜、花椒和干辣椒炝锅，把浆水倒入锅中煮开，然后放凉再喝，其味更醇香。

如今的兰州人也学"精明"了，除了饭桌上享用浆水之外，有的人也提前把煮熟的浆水装进不大不小的瓶子里，然后放进冰箱的冷藏室，等下午上班时，手上一提，热时来上几口，感觉真是美极了。你若以为是什么饮料让人如此舒坦，然后满大街去找，那一定会劳而无获。这个秘密一般人是发现不了的，这是一种"小聪明"。

只有家庭里飘荡着浆水的味道，这似乎不够壮观。其实这个季节的兰州，满大街都有浆水，高档的酒楼有，一般的饭馆也有，甚至有的老奶奶闲着无事，也把精心做好的浆水装进袋子拿到市场上去卖。有些外地人如果诧异兰州人怎么满大街"卖水"，那就是另一种"孤陋寡闻"了。于是，你去饭馆吃饭，饭前或者饭后要一碗浆水，或者连喝几碗，那是不要钱的。大热的天，在兰州如果哪一家饭馆连一碗浆水都没有，那是会令人大跌眼镜的。

因为有了浆水，所以就有了浆水菜、浆水面、浆水馓饭、浆水搅团，或者还有浆水饺子、浆水馄饨也保不准；因为有了浆水，家庭主妇们沾沾自喜，老少爷们儿自豪满足，上班有劲儿，干活有精神，然后热天也不再那么难熬，夏天很快就会过去；因为有了浆水，城市的钢筋混凝土和栅栏一样的门窗也柔和生动起来，你家没有了从我家舀，我家没有了去你家"借"，楼道里满是欢声笑语。

于是，这个季节的兰州就充满了一股浆水的清香。

卤香
笛之父

百姓青睐正宗武冈卤菜，皆因其魅力诱人。

如今在湖南武冈县，房子高了，道路宽了，车辆多了，却很少闻得到卤菜飘香了。从前的武冈不是这样的，就那么几条老街，走在街上碰见的都是熟面孔。两人相遇，先要打个招呼，如果赶在吃饭的当口，就随便找个卤菜摊坐下，要几样卤菜，或鸡翅或鸭掌，节省一点儿的就要几块卤豆腐，守着卤菜摊边吃边聊。如此这般，每天在整个古城的上空，都会充溢着卤菜的浓香。

现在能闻到这样的香味只有在夜晚，而且还必须是在老城区。夜晚的老城区，卤菜摊依旧随处可见。摊主们将自制的简易小推车推到路灯下，这就是一个标准的卤菜摊了。推车上置一个玻璃方箱，箱内有做成等份的木格，各种卤菜摆放其中，摊旁备有几条长凳。卤菜在灯光的映照下泛出亮亮的油光，过往行人很少能忍得住诱惑，对这油光视而不见。

武冈卤菜的名气很大，这得益于其品种的繁多。无论是鸡、鸭、鹅、牛、猪、羊等各种畜禽肉类，还是豆腐、鸡蛋，皆可入卤。另外，武冈卤菜有着无法仿制的色泽和味道。卖卤菜的也是做卤菜的，他们必有一家庭作坊，且各家独具特色，秘方不传外人，所以口味也是同中有异，就算仿制了也不地道、不正宗，只需细加品味就能品出个孰高孰低。而这许多秘方均脱胎于唐代中叶的一则古方。传说，当时城内有一名医，兼开药铺，因其父好吃卤菜，孝顺的名医就依据药理，利用草药改进卤汁配方和卤制工艺，这使卤菜既可长久保鲜又具保健功能，也使武冈的卤菜成为卤中上品。此后用中草药配制卤汁的方法流传开来，人们各自发挥，口味便有了不同。

这卤菜好与不好，并不看谁的牌子正谁的牌子野，而要看灶上的卤锅。卤锅内的卤汤，传的年代越久越好。久不久，又要看卤锅里是不是被卤汁漆了厚厚一层。另外还要看卤味的大小。但凡本分人家的卤味，都要在锅里打过三次滚。所以，无论是卤鹅掌还是卤鸡蛋，都要比平常的形状瘦了一圈。按行规，一斤牛肉要是卤得扎实，捞出来大概就只有六七两。这卤牛肉若是正宗，一定会让人"爱不释口"。一位文友曾经形容卤牛肉说："若将其切成薄片，拌以辣子油，女人咬着吃，可吃出矜持和秀态；男人则一片一片塞进口里咀嚼不止，吃出过瘾和酣然。"只是卤牛肉太贵，普通人一般舍不得吃，所以轻易不吃。少男少女更喜欢用牙签扎一块卤豆腐，或买一只卤鹅掌或卤鹅翅，在街上边走边吃，那也是一种乐趣。

当然，卤菜若能以酒相伴，乐趣中便多了一份逍遥自得。在武冈，路边卤菜摊的食客永远比酒家饭店里的多。卤菜摊更多一些喧嚣，更添一份随意。夏天男食客们就守一个摊，三三两两临街而坐，不管老的少的、胖的瘦的，索性光了膀子，全然不顾体面不体面，大声吆喝老板来一只卤猪耳朵，来一条卤猪尾巴，再要几个卤鸡蛋和一些卤牛肠子、卤牛肝等。卤味统统切开，一碗装了，浇上师傅配制的作料，一人一杯米酒满上，然后吃一口卤菜，喝一口酒，扯几句闲谈，吼几嗓子憋久了的牢骚，觉得在滚滚红尘中，打打闹闹、争争吵吵很乏味，倒不如把功名利禄抛到九霄云外，先醉倒在卤菜摊上来个痛快。

到过武冈的人要离开武冈时，第一件大事就是带一些卤菜回去送人。出于情意，武冈人也喜欢以卤菜为礼送给客人。可惜这些卤菜的保鲜期很短，往往带回去没有几天就变质了。看来，这卤菜离不开那原汁原味的卤水，更离不开武冈这方土地。

绍兴的霉食

孔来根

在绍兴，霉干菜和霉苋菜梗最负盛名，俗称"二霉"。

制作霉干菜必须选用芥菜，这种菜表皮粗糙，叶梗较长，边缘呈不规则的锯齿状，俗称"百叶芥"。每年的春季和秋季，都是芥菜的收获时期。收割来的芥菜先在阳光下暴晒一天，然后在阴凉处放三四天（俗称"堆黄"），就可以腌制了。取一口大缸，一层芥菜一层盐地码入缸内，直至装满，最后压上一块大石头。腌制半个月，将芥菜从缸里捞出来，挂在长绳或竹竿上晾晒，也可切碎后摊在竹筛、青石板或水泥地上面晾晒。晒干后的芥菜香气迷人，乌黑的霉干菜也就做出来了，这时便可以把它装入瓦罐中保存，随吃随取。

对初到绍兴的外乡人来说，第一次吃到又臭又霉的"霉食"时，大多会避而远之，但当地人却将其视为不可多得的美味。一碗开水泡饭加一些霉干菜，就是大多数庄稼人的早餐。尤其在农忙季节，常常是做顿饭都得挤时间，哪里还有空闲去做什么精细菜。所以，"霉干菜焖肉"也就成了庄稼人不可缺少的一道家常菜。买回三四斤五花肉，洗净切成小块，放点味精、白糖和酱油拌匀，然后一层霉干菜一层肉地叠放进大碗，蒸饭时一起蒸熟就行了。在农忙时，普通人家常常是一次要做大量的"霉干菜焖肉"，吃剩的"霉干菜焖肉"下顿蒸饭时又接着蒸来吃。如此反复蒸制，既减少了每顿做饭的时间，又使"霉干菜焖肉"更好吃。神奇的是，与霉干菜一起蒸出来的肉，即使夏天不放进冰箱里，也能保证三五天不变质。

用霉干菜做汤，只需将水烧开，加入一把霉干菜，放点盐和味精就可以了。其汤色如琥珀，入口咸鲜，回味悠长。夏天，绍兴人喜欢把霉干菜汤当茶水饮用，据说，此汤有解热防暑之功效。

不要以为霉干菜只是普通百姓饭桌上的寻常小菜，君不见绍兴城的各大酒楼里，大龙虾都用霉干菜烧，这可是一道家喻户晓的名菜。将大龙虾拧下头，剁成大块，入沸水锅里汆一下，捞出。然后在锅中加入一些霉干菜，下龙虾块，再加入一勺清水，稍煮片刻即可起锅。霉干菜能助龙虾提鲜去腥，当龙虾的鲜味溶于汤汁，即使不加一滴油脂，也鲜美无比。此外，当地用霉干菜烹制的菜还有很多，如"干菜烧笋""干菜炒刀豆""干菜炖荷花蹄""干菜饼"等。

在绍兴，与霉干菜齐名的还有霉苋菜梗。关于霉苋菜梗，还有一个传说：春秋时期，吴越争雄，越国兵败后国穷民贫，多数百姓只得采野菜度日。有一农人采得野苋菜一把，先食其叶，又将菜梗切段置于酱罐里，以备日后食用。岂料数日之后，罐内飘散出阵阵香气，农人取出蒸食，味道鲜美无比。从此，这霉苋菜梗便成了当地的一道特色佳肴。当地人说霉苋菜梗香，而外地人却说它臭。据说，这味逆风能行三里，顺风飘散十里。

苋菜一般在夏天收割，苋菜梗色绿而直，有一人高，叶子绿色，近似桃形，手掌般大小。有的苋菜底面绿色，叶面有不规则的红斑（俗称"血花"），这种苋菜品质最好。将苋菜去掉根和叶，扎成捆堆放在河边浅滩上，浸泡一周后，洗净切成段，再放入干净的酱罐里，掺凉水淹过菜梗，最后撒上一层盐并封紧罐口。接着将酱罐置于阳光下晒三四天,再移到阴凉处自然发酵一周。等闻到苋菜梗发出阵阵霉香时,便可以食用了。

霉苋菜梗放点盐,上笼蒸制,取出后滴几滴麻油,即成著名的"香油霉苋菜梗"。做好的苋菜梗已经"壳肉分离",食用时只要拿住一端,轻轻一吸,里面的酱汁便会流进嘴里,软嫩香滑,透彻肺腑,叫人大呼"过瘾"。在绍兴人家里,霉苋菜梗大多用于蒸菜,如"霉苋菜梗蒸蛏子""霉苋菜梗蒸南瓜""霉苋菜梗蒸黄鱼"等。

酱罐里的苋菜梗吃完后,剩下的卤汁也是宝,把南瓜、冬瓜、西瓜皮和豆腐干等放进卤汁里泡上一两天,再取出来蒸着吃,也会变得酥酥的、香香的,别有一番风味。著名的绍兴"臭豆腐",正是用这样的卤汁泡出来的。

一方水土养一方人,深厚的历史文化背景、得天独厚的地理条件和优质的鉴湖水,造就了绍兴人的"霉食"。除了霉干菜和霉苋菜梗外,绍兴人还特别喜欢"霉毛豆""霉千张""霉豆腐""霉鲞"等,这形形色色的"霉食",不知让多少远离故土的绍兴人魂牵梦萦!

阳朔的美味生活
黄橙

世界这么大,能让我经常怀想,一有机会就想往那里跑的地方实在屈指可数,阳朔是其一。

醉里吃鱼

如诗如画的阳朔美景醉了多少人的心,如果想让这种醉渗透到血液里,那就去吃阳朔的啤酒鱼吧。

漓江水时缓时急,不仅承载着无数游客的惬意情怀,而且也承载着众多鱼儿的幸福生活。这种幸福感将毛骨鱼、剑骨鱼养得肉厚而细。

长久以来,阳朔人烹毛骨鱼和剑骨鱼的方法,基本上先油炸,然后汤焖,做成之后通称"黄焖鱼"。有一天,一个厨师将喝剩的啤酒代替水来焖鱼,一阵刀光火影之后,浓香四溢,细嫩鲜美的啤酒鱼就诞生了。对于阳朔人来说,这与当年淮南人炼丹炼出了豆腐一样,都具有里程碑的意义。

啤酒鱼是将啤酒倒到鱼里煮?初听到这种做法的人肯定以为对方喝多了。叫"酒鬼鱼"吧,嘿嘿。不过,有些人还是抱着不妨试一试的心理,竟也烹调出滑爽飘香的啤酒鱼来。

阳朔的餐馆几乎家家都能做啤酒鱼,不过做得出色并声名远扬的也就那么几家：谢大姐、大师傅、彭大姐、谢三姐……基本上都以姓名作为招牌，以显示其独门绝技。

在阳朔，我选择的是好口碑已传扬多年的"谢大姐啤酒鱼"，品尝之后觉得风味独特，回味无穷。在师傅烹调之时，我到厨房窥探了一下。看她以小火煎鱼，鱼皮微黄时，加入盐、蒜泥、大葱、姜丝、芹菜、番茄和蚝油等，接着便将啤酒倒入热锅中，顿时香雾弥漫。她赶紧加盖，让其慢慢焖煮五分钟后，把鱼翻过来，再焖煮五分钟。叙述是容易的，真要烹调得好，还得有点天赋才行。

米粉风云

在西南地区，米粉是家常便饭，却硬生生被阳朔人做出千种风情来。

阳朔最著名的要数"瘦子米粉店"，一早寻去，竟然要排队，很是令人惊奇。阳朔的米粉店门面都不大，基本上都是两只汤锅，一张案台，几个煤炉，当然还有几张供食客坐的椅子。一家米粉店的好坏，其功底主要是看米粉和卤水。米粉有宽条和细圆之分，以韧而不断、滑而不腻为佳；卤水的做法要复杂许多，要将豆豉、八角、桂皮、甘草、草果和小茴香等香料，与猪肉、猪骨、牛肉、下水等原料，以及三花酒、罗汉果等多种配料放在一起熬制，先施以武火，再施以文火，认真的厨师要熬制十几个小时才能让卤水鲜美芳醇，入口点滴难舍。看来烹制阳朔米粉是个功夫活，不起早贪黑，没有独家香料配方，恐怕招不来食客。

"来二两！"只要说一声，老板就扯一团米粉放进漏勺，在翻滚的开水中三进三出，米粉就被烫熟了。把烫好的米粉倒入碗中，紧接着舀一勺卤水，其他的配菜就是自助式的了。案板上摆满了熟的牛肉、牛舌、猪肠、锅烧，还有酸豆角、酸萝卜、油炸黄豆、葱花、香菜、辣椒等，以供天南地北的食客自由搭配,这般的贴心关怀怎能不换来一片赞誉。

阳朔还有一种马肉米粉,只能在秋凉之后至春节期间品尝到。马肉的做法是先将其腌制,再腊制,吃时切成薄片,肉味甘香松爽。米粉直接在马骨汤中烫热,连汤盛入碗中。吃时心头有一种喜悦,仿佛自己奔驰于旷野之中。

十八酿

阳朔人擅长手工菜肴,闻名遐迩的"十八酿"似可酿尽天下食物。你或许听说过田螺酿、豆腐酿、苦瓜酿,而柚皮酿、竹笋酿、香菇酿、蘑菇酿、南瓜花酿、蛋酿、冬瓜酿、香芋酿、番茄酿、豆芽酿、菜包酿……听起来就像天方夜谭。是否能将阳朔的山水也"酿"进香菇和柚皮里,让人快乐得如同在遇龙河上漂荡?

"酿菜"的特色,就是将醇香的肉馅填入不同的蔬菜中,或蒸或焖而成。

"十八酿"中最具阳朔特色的是"柚皮酿"。阳朔是"沙田柚"的故乡,将柚子的青皮用刀削掉,留下白色的海绵状内层,然后将它放入水中煮,水开后捞起来,用冷水浸泡三四个小时,然后用手使劲挤压出柚皮里淡绿色的苦水,换清水再浸泡,反复多次直至挤出来的水完全透明皮的苦涩也就被挤干净了。此时,将柚皮切成边长约六厘米左右的三角形,将调好的肉馅填入其中。接着用热油爆炒蒜茸、姜丝、大蒜和干辣椒,出味后,将"柚皮酿"入锅,放酱油和水焖煮,文火十分钟后出锅。色泽微黄、入口绵软、美味无比的"柚皮酿"就大功告成了。这道菜的关键是柚皮是否处理得无涩味,我曾在西街后边的富贵楼吃过,感觉不怎么样。

倒是"没有饭店"的阳朔酿三宝——田螺酿、青椒酿、香菇酿,色香味俱全,深得我心。

边焗边烤

　　阳朔西街是一条亦古亦今的长街，这条街上的招牌、店名、菜单全是英文，领先全国与国际接了轨。这里随处可见镶着花边的扎染布，边上可能就摆着一件件印着时尚漫画的T恤衫；餐馆卖烤鸡，也卖啤酒鱼；咖啡馆有卡布奇诺，也有漓泉啤酒。目前，在阳朔长期居住的欧美游客至少有五六百人，他们有的人还娶了这里的村姑，过着神仙般的逍遥日子。如今，西餐也成了阳朔美食中的新亮点，其中法式鸡肉蘑菇蛋卷、意大利比萨、以色列沙拉、墨西哥鸡肉卷、印度咖喱饭……颇受欢迎，我印象深刻的是各种焗烤的西式菜肴。

　　焗是以汤汁与蒸汽为导热媒介，将腌制的物料或半成品加热至熟而成菜的烹调方法。焗有砂锅焗、鼎上焗、烤炉焗和盐焗等四种。

　　西街坊酒吧的阳吧是西街最诗情画意的地方，阳朔西湖近在眼前，尤其是黄昏时刻，夜色渐渐迷离，树影轻轻摇曳。意大利通心粉端上来了，香蕉酸奶也伺候在旁。生来就是中国胃，轻易不肯对西餐叫好，这意大利通心粉却让我啧啧赞叹。对西餐的做法没有研究过，只吃出了这通心粉里有肉末、洋葱丁和蘑菇丁等。据说，当通心粉刚刚出锅的时候，在上面撒上芝士的碎屑，热气可以让芝士自然融化，那是多么美妙的过程啊！

　　西街的"没有饭店"的英文名是METYOUCAFE，这是"曾经相遇"的意思。这家饭店的名气始于西餐，如今是中西餐兼营。原来的小店生意极好，所以最近又开了一家富丽堂皇的大餐厅，就位于西街路口。"没有饭店"有一种错乱美，视觉是完全中国化的，这里的服务生，男的穿着清朝士兵的服装，女的穿格格装，而味觉却是纯西式的。比如这里的看家菜——"没有烤饭",仿佛是将先炒得九分熟的扬州炒饭撒上芝士粉,入微波炉稍稍烤一下,就变成了中西合璧的美味。

爱一个地方,可以因为美景,可以因为美人,也可以因为美食。阳朔三者兼备,怎么不叫人爱死!

四川泡菜

于是

"没有一缸好泡菜算什么家?"这个观点是四川人普遍都有的。在四川居家过日子,每家都有几个泡菜坛子。稍微讲究一点的人家,坛子还各有分工,一个专门泡调料:辣椒、生姜和大蒜什么的,一个专门泡下饭菜:萝卜、黄瓜、蒜薹、豇豆、芹菜和青笋等,第三个用来泡老酸菜,如笋壳青菜、羊角菜、莲花白和老萝卜等,泡的时间可以长达数年,专门用于熬味、烧汤、煮鱼、炖鸭等。还有一个小小的玻璃瓶子,用来泡"洗澡泡菜"——即稍微泡一泡就可以捞起来的那种,如同各式时令蔬菜在盐水里仅仅洗了一个澡,故名之。最后这一个放在顺手处,厨房里削下来不用的萝卜皮、炒菜多出来的一个洋葱头或青笋头什么的,只管丢进去,几个小时后捞起来,就是一碟脆嫩可口的下饭小菜了。有更讲究的人家还要分辣味坛子和甜味坛子,甜味的是用冰糖化成的水泡,开春时新大蒜上市时,用于泡糖蒜是再好不过的了。

做泡菜在四川人眼里,也是一件再简单不过的事情了。

首先要选一个好的泡菜坛子。泡菜坛子有土陶的,有玻璃的,有细瓷的,一般采用第一种即土陶的,质朴、大方、避光,密封性能也好。而"洗澡泡菜"坛可选一个玻璃的,随时可以看到里面的内容和情况。挑选坛子主要检查是否漏气,密封性越好,泡菜越不容易坏。四川泡菜坛子的设计真是高明，它在坛口处有一圈环绕的蓄水带，叫"坛沿"，坛盖盖上后，盖子的边淹没于坛沿里的水中，密封但又不会将坛子完全封死。坛子里面的泡菜开始发酵，产生的气体可以顺利排出，而外面的空气被水阻隔却不能进去。在夏天午后的一片静寂中，时常可以听到坛沿里的水发出"咕噜噜"冒气泡的声音，那是寻常人家日常生活的天籁之声——泡菜在坛子里面发酵，不断产生乳酸菌，这种菌正是泡菜美味可口的最根本的原因。

选好了泡菜坛子，接下来的事情就是配制一缸好盐水了。四川自贡是全国有名的盐都，那里出产的井盐是四川泡菜口味的保障。四川游子出门在外，不带黄金不带白银，总记着带上几包家乡的盐，不舍得用于炒菜煮汤，专门拿来制作泡菜。

腌制泡菜通常对头一缸盐水十分重视，相当于卤菜世家对一罐祖传下来的好卤水的珍惜。城里人家只是烧开一壶水放凉就行，而农村人家则是不惜跑上三五里路，选周围村庄最好最古老的那一口井，或者山上最甘甜最清洌的那一眼泉。水有了其他倒也简单，放入盐、黄酒、白糖、花椒、姜、葱和红辣椒等进行调味就行了。

配制头缸盐水还有一个讨巧的办法，也是老四川人家的风俗习惯，就是找一户以泡菜好出名的街坊，他们家一般都有不止一个优质的老泡菜坛子，你去索要一些老盐水加进你新配制的头缸盐水里，以后你家的泡菜就有了那家泡菜的好味道了。而旧时在街坊邻居间，谁家的泡菜越好，招来讨要老盐水的人越多，那是很长脸的事情，所以，你尽管放心前去讨要。

配制好盐水，就可以往里面放各种时令蔬菜了。只是如果调理不当，泡菜坛子"生花"的事情随时都可能发生。"生花"就是盐水上面起了一层白色漂浮物,它会让泡菜变味变质。

民间解决"生花"的办法可谓花样翻新、层出不穷:加红糖,加冰糖,倒白酒进去——这是第一种办法;放一种特别辣的尖青椒,放花椒叶,放苦瓜和苦笋进去——这是第二种办法;再放一种叫"紫苏"的植物,听起来像是一味中药,还有草果,更是中药无疑——这是第三种办法。总而言之,"生花"是家里的泡菜坛子"生病"了,调皮捣蛋了,你得先给它吃糖喝酒哄着它。如果不行,再用辣的麻的苦的吓唬它。如果还不行,就得让它吃药了。整套对付家中老幺儿的手段,在这里全都用上了。由此可见,泡菜坛子在日常生活中和平民百姓家,其重要性以及受宠的地位。

泡菜的故事在四川有一箩筐。谁叫四川人就好这一口呢?没有那一碟泡菜,好多人还真咽不下那一碗饭。在四川的餐馆吃饭,随着米饭上来的肯定会有一碟泡菜。晚一点就会有食客大声喊:"泡菜呢?上泡菜!"这份泡菜虽然是白送的,但店家也不敢掉以轻心,想方设法要把自家的泡菜弄出特色来,因为说不定就会有人因为那一份泡菜,从此不在你这里消费。更不能在叫泡菜时回答"没有",否则,食客会叫起来:"有没有搞错?连泡菜都没有?搞些啥子名堂哦!"

但不要以为四川泡菜仅仅是就饭,泡菜要派用场的地方非常多。

泡菜是很多道川菜必备的作料,鱼香味、家常味都离不了泡菜。鱼香肉丝、家常肉片,除了葱、姜、蒜以外,捞两只泡辣椒切段,一小块泡生姜切片,这肉丝肉片就会增色不少,也会增味不少。

泡菜熬味煮汤可以做出好多种菜肴:最家常不过的就是酸菜粉丝汤了;酸菜鱼,更是四川各地一道长盛不衰的菜肴;另外还有酸萝卜炖老鸭子,那是夏日里一款难得的好汤,暑天你不想吃任何油荤菜,但酸萝卜炖老鸭却例外;还有酸菜煮胡豆瓣、酸菜肉圆子汤、酸菜豆花、酸菜面条……简直可以做成一个酸菜系列。

除了熬汤，酸菜也可切碎直接炒。放一撮干红辣椒炸香，然后把切碎的酸菜倒进锅里，翻炒几下煸干水分即可，用来就米饭，一小碟炒酸菜就可以下一大碗饭。

四川泡菜深入人心。近年来随着创新川菜的势头，人们终于突破了泡菜荤素之大界，居然把肉类食品也往泡菜上面做了。曾经有一种做法，即在泡菜坛里放入两条小鲫鱼，泡出的辣椒自带鱼香味，菜名叫"鱼辣子"。这已经算是很传奇的了，不料现在的人们还把鸡爪、猪耳朵、猪尾巴等径直放入坛子，也用泡菜的方法做出来，结果十分清新爽口，这种亦荤亦素的新型泡菜备受人们欢迎。当然，无论是鸡爪还是猪耳朵、猪尾巴，这些东西在放入泡菜坛之前，必须煮熟，熟而再泡之，要的就是泡菜的特殊味道。

这种荤素兼备的泡菜一般餐馆称之为"老坛子"，即一罐罐的泡着搭配好了，是现成的。有人一点"老坛子"，就捧一罐送上，当着你的面将荤素各色倒出，闻着是泡菜，吃着却是荤菜，别有一番味道。

东北人的"大吃大喝"

王志宇

我是东北人,也最爱吃东北菜。东北菜吃起来,最突出的一个特点就是"大"。

先说凉菜,上来就是一个"大丰收"。大大的盘子,放满了鲜灵灵的黄瓜、萝卜和西红柿等蔬菜,外加一根根圆滚滚的大葱,这些都是要蘸大酱吃的。一张张大嘴,"咔嚓嚓"地咀嚼着,那叫一个香香脆脆。然后再上一个"大拉皮"——白菜丝、萝卜丝、豆腐丝、黄瓜丝、肉丝里加上扁扁宽宽的大粉皮,再撒上葱、姜、蒜末、香菜和辣椒末,淋上酱油和醋,在大瓷盆里大刀阔斧地那么一搅和就上桌了,又是一阵"喊里咔嚓",转眼工夫,一大瓷盆见了底。而此时,"大喝"才刚刚开始,一人一大箱啤酒,外带两瓶"烧锅子",胃口让津津有味的"大丰收"和"大拉皮"一调动起来,酒劲儿也上来了,"咕咚咕咚",灌啤的、喝白的,吃香喝辣,煞是热闹。

凉菜是"前奏曲",真正的"大吃"在后头。东北人最原始的菜其实就是一大炖,据老东北人说,这一大炖就是所有的客人围坐在一起,烧一口大锅,鸡鸭鱼肉、荤的素的一锅炖。但炖也有讲究,叫"前飞后走""左鱼右虾""四周轻撒鲜菜花"。这"前飞后走"是指在火锅对着炉口的方向为前方,主要放飞禽类,后面放走兽类。以此类推,"左鱼右虾"就明白了。如果来了个不受欢迎的人想蹭饭吃，不好公开撵，就用火锅暗示他：把两个特大号的肉丸子放在火锅前边，来人一看，便知道是请他"滚蛋"，知趣的，捞起肉丸子，吃了走人。

但总是这么一大锅炖，气势虽然恢宏壮观，但毕竟滋味不足，于是又有了"四大炖"：猪肉炖粉条、酸菜炖白肉、骨头炖豆角、德莫利炖鱼。

据史料记载，古渤海人（东北的一部分）把猪肉作为主要食物，最通行的办法就是把大块大块的猪肉放在锅里炖烂了吃。而东北盛产大土豆，这种大土豆个头赛过北京的大地瓜，聪明的东北人把大土豆加工做成大宽粉条，既好保存又好吃。不知是谁的发明，大块猪肉炖大宽粉条，那叫一个"贼香"。把肥瘦相间的猪肉切成块，添入适量的水及花椒、大料、盐、葱和姜等作料，用急火炖至开锅，再将粉条下到锅里，改用文火炖至肉汤浸透粉条为止。出锅时，那油亮油亮的猪肉和粉条腾着一股浓郁的香气，勾起人肚子里的馋虫，吃到嘴里，鲜嫩可口，肥而不腻，粉条既筋道耐嚼又滑爽宜人。特别是这浸满肉汁的粉条，比肉还好吃，难怪小孩子们总是吃个不够。

如果说猪肉炖粉条是"红荤"，酸菜炖白肉则是"白荤"，整个锅里一片净白：白白的酸菜丝儿、白白的五花肉、白白的豆腐块、白白的粉条，捞出一块来，蘸着韭菜花、蒜泥和辣椒酱，那叫一个香！酸菜勾出的口水，搭着肥瘦相间的肉片，真是百吃不腻，越吃越爱吃，末了连锅里的汤也一滴不剩地喝下去，酸酸的、甜甜的，鲜香醇厚，余味隽永。

骨头炖豆角，又回到"大"的话题了。东北人炖豆角用的骨头叫"大骨头"，一块足有一斤来重，骨头上带着大块的肉，骨头里有满腔骨髓。炖的豆角也是大豆角，比北京人常见的豆角大两三倍，大的一根就有二两重。这大骨头炖大豆角，荤素搭配，而且既补钙又补充营养，一大锅里全有了。

更惊人的是"德莫利炖鱼",鱼大且不说,而且正宗的吃法是一人一大条。我曾赴过德莫利鱼宴。嗬!好家伙,十几条大鱼,像一条条小海豹似的,呈放射状摆在一个特别大的铁盆里,下面烧着火,像是在烧一大盆洗澡水。这吃鱼竟吃出了烤全羊的架势,真个叫大碗喝酒、大块吃鱼。一条大鱼,再加上一顿大酒,整个人就酒足饭饱了。

四大炖之外还有一大,所不同的是四大炖都有荤,这一大全部是素,而且就此一样——"红烧大豆腐"。红烧的技法与其他菜大体相同,惟一不同的是豆腐大,大得让你瞠目结舌,几乎是一大块豆腐一分为三,"咕嘟咕嘟"地红烧了,吃一块如果嘴小了还盛不下,非得大小伙子或是大嘴的姑娘吃着才对路。这东北大豆腐可比南方豆腐耐嚼,要是没吃饱,一盘红烧大豆腐就可以把你结结实实地"搞定"。

当然,"大吃大喝"来自东北人大气磅礴的豪爽。如今,人们肚子里的油水多了,不像过去常年不见荤腥,偶尔年节,才放开肚皮大吃大喝过把瘾。食不厌精,饮食也变得温文尔雅起来,不过你常常会发现,紧张压抑、竞争激烈的现代快节奏生活,使得人们经常会寻找机会宣泄一下自己,在狂放不羁中得到一种心理释放。所以,无论南人北人,也时常会不知不觉地循着东北人的"大吃大喝"方式来个"放浪形骸",在放浪中,仿佛找到了一种叱咤风云、顶天立地的感觉,找到了一种率直自在、天宽地阔的意境……

陇之面
李西岐

面,粮食磨成的粉,面的繁体字为"麵",也说明最初的释义是特指小麦粉的。

陇上自古多产良种小麦,陇东、陇南和天水乃天然粮仓,河西走廊则是我国重要的产粮基地之一。陇上气候东西差异较大,加之日照时间长,故小麦颗粒饱满,面粉筋道,宜做各类面食。故面食种类繁多,风味迥异,如庆阳的荞麦面、平凉的臊子面、天水的扁豆面、陇中的浆水面、临夏的羊肉面、兰州的牛肉面……各具特色,色香味美。南人性柔,且居水洼湿地,以鱼米之食津津乐道;北人性刚,居住低厦寒窑,多以肉面饱食终日。面食在我国历史悠久,源远流长,甘肃的面食更是名列榜首,考古学者已经从4000年前的齐家文化遗址发掘中,在一个倒扣的碗里发现了面条。

唐代刘禹锡诗云:"举箸食汤饼,祝辞添麒麟。"宋代苏东坡诗曰:"剩欲去为汤饼客,却愁错写弄麞书。"诗人笔下的"汤饼"就是今天的面条。在陇上诸多面食品种里,兰州牛肉面名列榜首,声名远播,已在全国乃至全世界都大名鼎鼎了,与黄河铁桥、白兰瓜、水车、《读者》杂志一道,成为代表兰州独具地域文化特色的名片。如今在外地人眼里,牛肉面就是兰州,兰州就是牛肉面。不容置疑的是,牛肉面使兰州、敦煌和甘肃的声名鹊起，让外界认识和了解了兰州，弘扬了甘肃悠久醇厚的历史文化。

兰州牛肉面出身卑微，不像龙须面、岐山臊子面等面食，有着显赫的贵族背景。1915 年，在兰州城的陋街背巷里，一个叫"马保子"的个体户是始作俑者。牛肉面的"祖师爷"马保子家境贫寒，自小聪慧，学得一手烹饪的好手艺。他开始只能小打小闹，挑着担子沿街叫卖，一头是面条和牛肉块、白萝卜、蒜苗、香菜等辅料，一头是火炉，炉火上架汤锅，锅里热着夜里慢火熬煮的牛肉汤。食客由最初的不屑一顾到蜂拥而来，这段时间大概持续了有 4 个年头。马保子的担子已经不能满足更多人的食欲，于是在 1919 年华夏风云变幻的岁月里，他也悄无声息地进行了一场牛肉面的"革命"，兰州第一家"马保子牛肉面店"在东城壕北口（现在的张掖路商业步行街一带）开张了，一场近百年来牛肉面的"变革"从此拉开了序幕。由担及店，不是一加一等于二的累积，而是九乘九的飞跃。

马保子为了精益求精，又开始在牛肉汤里加入羊肝汤，用天然纯净以青草为食的牛羊之肉，其汤馨香入鼻，汤清味鲜，爽美不可言。接下来，他为了使面更加筋道，选择用榆中北山和皋兰一带的冬小麦，只提取 60% 的面粉，和面时淋入温盐水，拌成絮状，再揉均匀。后来，他又发现一种戈壁滩上生长的蓬草烧制的蓬灰，把它加进面里，既有一种芳香的特殊味道，又能使面更加柔韧筋道。他不但对牛羊肉的选择十分挑剔，非"吃的中草药、喝的矿泉水、走的黄金道"的牛羊不用，就是对辣椒、白萝卜、蒜苗、香菜等，也要用产于天然无污染的水和农家肥浇灌的。他匠心独具、精心设计的配方，以及以诚待客、严谨务实的精神，既是兰州牛肉面长盛不衰的真谛所在，也是兰州牛肉面至今遵循的秘诀与行规。

兰州清汤牛肉面讲究"一清""二白""三红""四绿""五黄",是老少皆宜、色香味形俱佳的大众食品。"一清":汤要清爽。"二白":白萝卜有白人参之谓也。"三红":辣椒油红,开胃健脾。"四绿":蒜苗、香菜绿茵茵,令人垂涎欲滴。"五黄":面条又黄又亮,又光又筋道。食客进店来,交钱拿碗,拉面的师傅问:"师傅,下啥哩?"食客视其所好,或"毛细"、或"三细"、或"二细"、或"韭叶"、或"荞麦棱"、或"薄宽"、或"大宽"……选其一,拉面师揉、扯、押、拉,使出杂技或太极般的功夫,一眨眼间,便把拉好的面扔进滚烫的锅里,令人眼花缭乱,叹为观止。

日复日,月复月,年复年,岁岁年年,年年岁岁,兰州城里冉冉上升的朝阳,往往先沉醉在牛肉面飘浮的香气里了。无论达官显贵,不管贩夫走卒,进得店来,一律自己购票端碗,绝对的公正平等。

一方水土养一方人。兰州牛肉面和兰州人豪爽的性格,成就了农耕文化与畜牧文化的相互交融、相互依存和相互促进,它也造就了乐山乐水、兼收并蓄、激流奋进、包容纳新的独具一格的兰州地域文化的风采。一个身处异乡的人,自然体会不到一碗面对一座城市有如此巨大的影响力。那些坐在窗明几净的高楼大厦中只会搬弄词典的所谓经济学者,永远不会读懂牛肉面碗中所包含的独一无二的经济学。

牛肉面的馨香从近百年前飘然而至,它必将潇潇洒洒地飘向未来。

蒸煮秋天

张金刚

凉秋渐至，多情的乡野便依次或扎堆奉出各色美味，以飨世人。一道道或蒸或煮、或繁或简、或荤或素的美食，丰富着餐桌、挑逗着味蕾，更搅动着人们享受秋天的欢愉。

秋风起，蟹脚痒；菊花开，闻蟹来。时值金秋，螃蟹成熟，黄多油满，蟹肉凝聚，甚是肥美。故而，秋天当以食蟹为最隆重之事。螃蟹因生长之地而分为：湖蟹、江蟹、河蟹、溪蟹、沟蟹、海蟹。闻名天下者，当属蟹中之冠阳澄湖大闸蟹。食蟹，因雌雄之异而分时机：九雌十雄，不时不食。九月的母蟹，抱卵黄满，肉肥味美；十月的公蟹，精壮有力，脂膏丰腴。

螃蟹以清蒸为最佳。将螃蟹放在淡盐水中，浸泡片刻，去污杀菌。锅中注入清水，放上葱段、姜块、花椒、料酒，将捆好的螃蟹置于笼屉内，视其大小加盖蒸制。此时可做蘸汁：葱、姜、蒜剁成碎末，放入小碗，加盐、糖、味精、生抽、陈醋调制成。待螃蟹色泽红艳，即可起锅上桌。

取出螃蟹，蟹壳橙红；打开蟹盖，蟹黄金灿，蟹白如玉。自古蟹有"四味"之说：大腿肉丝短纤细，味同干贝；小腿肉丝长细嫩，美如银鱼；蟹身肉洁白晶莹，胜似白鱼；蟹黄营养丰富，为蟹之精华。蘸汁食蟹，味道美极。或一个人品尝，或众人聚会狂嚼。此般情趣当如《世说新语》中言：

"一手持蟹螯，一手持酒杯，拍浮酒池中，便足了一生。"

玉米，行列整齐，青纱帐一般。顶缨的棒子，颗粒饱满，昭示丰收，让人按捺不住地想要啃食老玉米。挑选苞叶嫩绿、尚未熟透、一掐便流白汁的玉米，麻利地掰下几棒，装篮回家，以待煮食。毕竟，煮玉米只为尝鲜，断不可贪食，亏了收成。

剥掉厚实的苞叶，只剩里层数片，冲洗干净，放入锅内，加清水没过表面，加盖大火蒸煮。少顷，丝丝甜香的味道便蹦出翻滚的水花，溢满房间，让人陶醉。待十分钟后，苞叶变黄，便可关火揭盖。用筷子夹出滚烫的玉米，凉水冲过，香喷喷，撩动着食欲，已迫不及待。

揪掉缨须，烫烫地剥开，金黄鲜亮的玉米赫然露出。草草挑除残留的毛须，横放棒子在嘴边，便大嚼起来。饱满圆实的玉米粒挤满口腔，香味四溢，好生过瘾。一棒下肚，兴致正浓，便又垂涎其他。片刻，数棒玉米被横扫一空，只剩棒子，狼藉一片。

花生，叶片斑驳零落，当是粒满成熟。或弓身力拔，或挥锹抡镢，地头地尾一遭走过，便有绿苗缀满花生成堆摆放。刚挖出来的花生，脆嫩生汁，最宜煮食。挑选一盆饱满、个大的双粒或三粒花生，洗净泥沙，放入锅中，注清水，加盐、花椒、大料，煮熟即可。剥开，灰白的仁儿着实可爱；嚼在口中，醇香味美，不肯释手。

红薯，撑开地面，绽出道道裂纹。挥锹刨出，连蔓拽出数块硕大的红薯，紫皮、白皮、黄皮，灿烂了农人的笑脸。挑匀称的红薯洗净，或放在笼屉上蒸，或放入清水中煮，皆可烹出美味。蒸煮透熟的白瓤薯口感甜面，黄瓤薯食之甜爽。吃上一块，满口香甜。也可将熟薯切块，晾晒风干保存，做成红薯干，便可随时嚼吃或煮粥。

还有滚圆的南瓜，可蒸食，瓤红甘甜，可煮粥，汤浓味美；红脆的大枣，可单独蒸，可嵌入玉米面饼里蒸，红艳甜香；褐黑的板栗，可煮可炒；各色的杂豆，可煮粥，营养丰富，味道鲜美……也可将数种蒸煮拼盘，红黄白黑紫，色艳味丰，美其名曰——大丰收。

或蒸或煮，美食一秋。简单而朴素的手法，丰盛而香甜的味道，蒸出蒸蒸日上的红火日子，煮出原汁原味的生活情调。

靖江食记
刘纯

黄河泥沙成患,天下皆知,其实凡大江大河,年深日久,必有泥沙沉积,越积越多,甚至露出水面。靖江原本就是长江中"长"出的一个小岛,长江到了这一段,水势顿缓,一路上带来的泥沙纷纷抛了下来,使得小小一岛越来越大,终于和北岸连成一体。"靖江"之"靖",原是"平息"之意。千里江水,至此平伏,江里的鱼儿也喜欢在这一片平静的水域里谈恋爱、生孩子。

在群鱼之中,有一种叫做河豚。苏东坡有句诗道:"蒌蒿满地芦芽短,正是河豚欲上时。"说的正是开春日暖时,这鱼一副急巴巴的馋样。河豚形似小鲨鱼,可它比鲨鱼更凶猛,因为它有毒。这灰色的、貌不惊人的小东西,竟在血里、肝脏中暗藏了极厉害的毒素,让想要吃它的弱肉强食者,一不留神就送掉了性命。想来我也挺佩服河豚的,人为刀俎,我为河豚,却不甘此命运,死也要给那些吃自己肉的人一点教训。

不过这也是无可奈何,"匹夫无罪,怀璧其罪",人犹如此,鱼何以堪!说实话,我没吃过河豚,但据说只要有人吃河豚,那绝对是瞒不住的:就连睡着的人,都会被那味道香醒过来。每年芦苇新长绿枝,河豚上市时,报纸的社会版上总少不了几条吃鱼中毒的新闻,靖江人说起总是自若一笑:拼死吃河豚!

河豚的做法极其简单，最好的吃法也就是简单的吃法：和青菜放在一起烧。一种叫"金花菜"的青菜能把河豚的鲜味全都吊出来。谁能想到，一盘青菜，间杂几筷鱼肉，竟是能令人啖而忘死的人间至味呢？这种简朴的烹调法，叫我一下子就想到了碧野的那篇《天山景物记》。里面说把黄羊腿与白蘑菇同煮，不放盐，也不放油，自然就有一股醇厚鲜甜的异香，鲜美绝伦。当时我还半信半疑，现在以河豚观之，真正的佳肴还非得如此不可。

河豚是上天赐给靖江的宝物，还有两样东西是靖江人自己发明的：肉脯和蟹黄汤包。

靖江的蟹黄汤包，一笼端上来，晶莹剔透的八个，能看见汤在薄皮里颤颤地晃动。琥珀色的汤，玉白透明的皮，汤包顶上是一圈细褶，形如盛开的菊花。吃汤包时，旁边有一碟姜丝，一碟醋，用以解蟹的腥寒。吃法也很别致，讲究的是"轻捏、慢提、缓吸"六字要诀，用三根手指轻轻捏住顶上的"菊花"，慢慢地提起来，然后咬破汤包顶上的薄皮，缓缓地吸里面的汤汁。

关于这汤包还有一个段子：某年一个外国客商到靖江来谈生意，靖江人请他吃汤包。他吃了一个又一个，赞不绝口，不过有个问题他始终不明白：是用什么神奇的方法把汤裹到皮里去的呢？他研究了半天，恍然大悟：对了，肯定是用针筒注射进去的！

其实，这倒是个极富想象力的做法，不过，这样的烹饪方法，只适合做西方的快餐，绝对不宜做东方的精馔。肯德基里咖啡的温度、薯条在油里炸的时间，都有精确的规定；东方的大厨们则是一手执锅，口中边叫着"胡椒三钱"，边轻快地在盒中一勺，竟也相差无几，非常之写意。靖江做汤包的师傅们也是如作泼墨山水一样，来完成他们的杰作的。取新鲜的猪皮熬成冻,加上河蟹的蟹黄,待其自然冷却,便成了半透明的凝胶;再将一块白玉似的面团左扯右拉,上压下拍,捏成一块一块,用枣木棍滚一滚,就是一片又圆又薄的面皮。这时,厨师们的手法可就快捷无比了:挑起一块蟹黄冻,往面皮内轻轻一摁,两手一旋一扭,便如关窗一样把面皮合上了,手指轻点,在汤包头上掐出菊花瓣,转瞬间,一只汤包已做成了。上笼屉一蒸,蟹黄冻便在面皮内熟化,色如琥珀;猪油皆渗入面皮之中,使面皮微微透明,脂香四溢。

靖江真正名声在外的是肉脯。有时我甚至觉得,肉脯之于靖江,好比扒鸡之于德州,葡萄之于吐鲁番——特产就是这个城市唯一的名片。河豚虽然美味可是有毒,蟹黄汤包有形有色却不便于携带,于是扬名立万的担子,就当仁不让地落到了肉脯的肩上。

以脯为食,在中国由来已久,《周礼》中就有鹿脯的记载。20世纪二三十年代,一对从南洋来的兄弟到靖江,开始制作肉脯。他们选用猪腿上的纯精肉,削成薄片,先晾干,然后再加秘制的调料烘焙。制成之后,四方形状,鲜红透亮,对着灯光一照,隐隐波光流动,仿佛红玛瑙一般;咬一口,满齿酥脆,再细细一抿,丝丝鲜甜沁人心脾,满颊留香。两兄弟为它取名叫"双鱼"。

已经有两个春节没在家过了,今年过年时收到家里寄过来的肉脯,大家抢着吃,兴高采烈;我只咬了一口,就被浓密地包裹在了那熟悉的香味里,想起了家,想起爷爷奶奶——不禁怅然良久。所以常听人笑言:思乡的往往并非是心,乃是胃。

幼时翻书,偶然看到一段写靖江大厨的文字,里头讲到有个人叫刑长兴,治全羊宴冠绝一时。他做得一道叫"琥珀核桃"的菜,颗颗浑圆如珠,吃的人只觉滑润无比,外甜内鲜,竟似有几重天地,却不知是何物制成。问刑长兴，他笑而不答。后来还是他徒弟说破：是用羊眼睛做的；有次刑长兴在家，忽有一老友来访，家中无菜。其时正值夏日，他就在园中随手摘了一把南瓜花，调和面粉，以花蘸面，然后在油中一炸，便成了一道"三伏金花"。书中还说，刑长兴之后，靖江就没有人会做真正的全羊宴了。虽然他收了徒弟，但做菜也只是得其形而已。杜甫在《丹青引》中，替画家曹霸叹息，说他的弟子韩干画马没有得到他的真传。看来，大厨和艺术家的悲哀是相通的。

现在还有那样富于灵性的厨师来做菜吗？无论是苏州，还是靖江，大大小小的街上，鳞次栉比皆是什么日本的料理、韩国的烧烤、东北的饺子、兰州的拉面，还有一脸笑嘻嘻、专门骗小孩子钱的白胡子老头。吃，似乎只剩下吃了。

可我依然愿意相信，在靖江的百丈红尘里，某个小楼上，一位玲珑秀丽的女子在厨房里，素手纤纤，正在为厨房外的人做着一道绝世的好菜，酒已温了，炭火上放着一只砂锅，"噗噗"地轻响，汤好了。

是为靖江食记。

花朵的盛宴
积雪草

旧年的记忆里,吃花并不是一件多么雅致的事情,年龄稍长一些的人,大约都有过吃花的记忆,生长在乡野的人更是如此。

春天,槐花飘香,榆钱飞舞,诗意盎然的季节,却正是青黄不接之时,母亲总会挑选一些最新鲜、最饱满、最养眼的花朵,回家清洗干净,掺上一些玉米面,上笼屉蒸。

槐花白里透着淡绿,一串串的,榆钱则一瓣瓣碧绿的圆。好看的花却未必好吃,掺了花朵的发糕,有一种花粉的甜香,甜得让人腻歪,甜得让人反胃。那时候就曾留下经典的名言:"等我有钱了,再也不吃这东西。"

多年之后,言犹在耳,在槐花和榆钱的花信之期,仍然会遥遥地怀想母亲亲手做的花糕,那是记忆里不能也不肯舍弃的伤和痛,花糕虽然难吃,可是它毕竟慰藉和温暖过我寒冷的胃。

花朵入菜不是什么新鲜事儿,油炸野牡丹,不知道有人吃过没有。牡丹是花中之王,国色天香,油炸牡丹,实在有点说不过去,有暴殄天物的感觉,哪怕是野牡丹。用唐人李正封的诗句"国色朝酣酒,天香夜染衣"形容牡丹,实不为过。只是美食家们偏说,油炸野牡丹是绿色保健食品,鲜花穿肠过,留下香如故。

朋友家里种有多棵昙花树，每年八九月间，昙花开得沁人心脾。昙花羹也是一种美味，昙花属仙人掌科，花朵呈白色漏斗状，有异香。有心人会等昙花一现之后，摘下来煮汤，汤汁是奶白色的。据说昙花羹的鲜香和昙花的花期一样有风骨，千年等待，稍纵即逝。

和野牡丹、昙花相比，桂花入菜做各种食品的辅助配料就很常见。仲秋八月，桂花开得正盛，天气好的时候，采摘新鲜的桂花晒干，做桂花糕、桂花羹、桂花酿，不用说桂花的香气，单是桂花的颜色———那种金黄，就已是香熏欲醉。

桂花还一个名字叫"木樨"，花朵细碎，香味馥郁，采摘的人必定被熏染得满袖馨香。南宋杨万里有诗："不是人间种，移从月中来。广寒香一点，吹得满山开。"

吃菊可能大多数人都有过，而且最常见的吃法就是当茶饮。那一年路过杭州，禁不住诱惑，去了杭白菊的故乡，时值秋天，满眼望去，到处都是白瓣黄蕊的小朵菊花，有的尚在绽放，有的已被采摘下来蒸熟晒干，风干成一缕香魂。

菊只怕是花中最具傲骨的了，经风霜雨露之后，变得愈发甘甜。午后的熏风里，冲一杯菊花饮，看杯中起起落落的菊花，捧一本喜爱已久的闲书，人生最惬意的事，莫过于此。雪花在很多人的印象里，跟花是不搭界的，但是我却固执地把它当花朵的一种。吃雪花的傻事是做过的，小时候，下雪天，站在庭院的中间，伸手接一朵雪花，放进嘴里，回味时只有星星点点的甜。

吃雪花，当然是童年的顽劣之作，而《红楼梦》里妙玉的吃雪，却是别有一番意境和讲究的。下雪天，收了梅花上的雪，装进鬼脸青的花瓮，埋在地下，五年后才取出来煮茶饮。且不论这种吃雪是对她后来身世的隐喻，也不论茶与禅的玄机，这种吃雪花的境界，我辈只有望花兴叹的份。

　　吃花是一件诗意盎然的事，吃花文化也有无穷的奥妙和魅力。屈原名句："朝饮木兰之坠露兮，夕餐秋菊之落英。"说明吃花这件事古已有之。吃花，是味蕾上盛开一场花朵的盛宴。

潮汕粥天下

谢有顺

一次偶然的机会,读到明代张方贤所作的《煮粥》一诗,最后两句是:"莫言淡泊少滋味,淡泊之中滋味长。"淡泊的粥,应该是稀粥了,米粒估计是不多的,只有文人,才能吃出个中的滋味来。两日的粮,硬要分成六日来煮,那就只能吃粥了。我小时候,早晚都是吃粥,只有中午是干饭。宋代的张文潜说:"食粥可以延年。"但在我们老家,食粥不过是因为粮食不够,"有客只需添水火"而已。每天早上生产队长到我们家,第一件事就是把饭勺往粥盆里一插,勺子若立不住,就说明米太少,亏待了孩子,他照例是要数落我父母一番的。无奈孩子多粮食少,我们全家只能继续吃粥。

后来读到一本《大众粥谱》,才知道,国人吃粥的花样繁多,甚至早在两千多年前的《周书》上,就有"黄帝蒸谷为饭,烹谷为粥"的记载了。但在我的记忆中,把粥吃得最有滋有味、最荡气回肠的,非潮汕人莫属了。

在汕头,粥城遍地都是。不就是吃个粥嘛,但吃法不同,气派也就不同。你到了汕头,若不吃粥,算是白去了。尽管汕头这一带的小吃无数:豆花、蚝烙、炸蟹枣、卤猪脚……样样诱人,但经典食谱中,还真是缺不了粥。潮汕人称粥为"糜",大米粥叫"白糜",稀粥叫"清糜"。现在我们在街上吃到的多半不是稀粥,而是很黏稠并且加了各种配料的粥。在粥里加什么，就叫什么粥：大石斑鱼粥、蚝仔粥、螃蟹粥、虾粥、皮蛋粥、菜粥、番薯粥、芋头粥……凡物皆可入粥，吃起来，味道自然也就丰富多变了。多数的粥是大米和配料一起慢慢熬出来的，虽说是吃粥，其实已分不清米粒和配料，味道早已融为一体了。也有人喜欢吃白粥，配一碟萝卜干、橄榄菜或者花生米，清淡又养生，尤其对身体不适之人，白粥之可口，近乎有药用的价值了。

去汕头，朋友请得最多的是吃大石斑鱼粥。最好是在夜晚，在路边的小店坐下，一盆热乎乎的砂锅粥端上来，再多的烦恼也能暂时忘掉。有些菜谱上还写有介绍：大石斑鱼，又称"过鱼"，原产印尼、菲律宾、泰国等深海地带，皮较脆，骨香美，肉鲜嫩，长期食用，具强身、美容、提神、壮阳之效。看了，不禁莞尔。宋代秦观说"家贫食粥已多时"，清代曹雪芹也有"举家食粥酒长赊"的经历，吃粥一直是贫穷的象征，可是汕头人却吃出了如此丰富的滋味，这大概也是一种饮食文化吧。不知有没有人考证过，潮汕人是何时开始吃粥的，"粥后一觉，妙不可言"的境界，又是从何时开始传开的，也许，在潮汕人看来，这并不重要，重要的是无论走到哪里，都能吃到味道丰富的家乡米粥。

每当粥香飘起，汕头人怕是无人不驻足相闻的。"吃粥去！"一句平常的话，却有多少滋味在心头啊。从地理上说，汕头依海而立，靠海而兴，海岸线长，岛屿多，韩江、榕江、练江的中下游流经此地，三江出口处冲积成平原，出产丰饶，尤以海鲜居多。所以，粥的配料也多半从海里来。我也知道，在汕头，有农历正月初七吃"七样羹"、冬至吃"冬节丸"等饮食习俗，但对于我们这些外地人，最具吸引力的，还是吃潮汕的粥。

我甚至想，这个地方的人，乡情的凝聚力一直举世公认，恐怕多半也和吃粥有关。明清时期，潮汕人大批移居海外，开埠以后，移民之风尤盛，一度，潮汕人口比例是本土一千万，海外一千万。飘散得这么远的亲情，总得有一样事物来承载他们的乡念，或许在故乡吃粥的快意，就是最好的怀念了。有时，我们还真不能小看了食物对人心的凝聚力，就像我们客家人，走得再远，说起客家米酒来，心头立即就会泛起一丝暖意。汕头是著名的侨乡，出去的人更多，走得也更远，小小的一碗粥，像一条人情的丝线，能牢牢拴住每一个远行者的心。

到汕头吃粥去！吃完，再喝一道功夫茶，潮汕的风情，你就感受一半以上了。

人间至味毛豆腐

陈旻

我总觉得人与美味的缘分也是可遇不可求的。徽州传统菜肴中有一道"毛豆腐",在徽菜中已独领风骚五百年。四年前的一个冬天,我去皖南,在屯溪一家徽菜馆里,一盘"毛豆腐"与我不期而遇。没有哗众取宠,也没有"浓妆艳抹",毛豆腐质朴无华,从容地散发着阵阵异香,更令我惊异的是,块块豆腐上竟然无一例外都有长长的绒毛。见我满脸疑惑,朋友笑着介绍:"这可是经典徽菜毛豆腐。"果真,品尝之后,毛豆腐这种浓郁、润滑、鲜香、醇美的"天下至味",成为那个冬天留在我记忆中的唯一痕迹。

那天,一整盘毛豆腐都被我吃了,吃完,余香犹在,有一种不过瘾的感觉,简直是欲罢不能。徽菜多厚味,毛豆腐亦如此。中国古代把"丰屋、美服、厚味、姣色"列为美的对象,厚味者,即滋味浓郁。浓郁的滋味,能充分唤起味觉的感受能力,给人厚实、雄浑、豪放、强烈的生命感受。

关于毛豆腐的来历,皖南民间流传最广的传说与明太祖朱元璋有关。相传,当年朱元璋率领一支人马从南京来到徽州,由于长途行军,人困马乏,饥饿难当,然而当地的官员与百姓都四下里躲散开了,朱元璋只好命下属寻找食物充饥。下属跑了半个城池也一无所获,正在进退两难之际,一士兵在一家不起眼的小豆腐坊内发现了一堆长了毛的豆腐,不知能不能吃，但又不愿丢弃，于是就将豆腐放在火炉上烤了起来，烤熟的毛豆腐出人意料地散发出一种奇特的香味。下属斗胆尝了一尝，味道独特。朱元璋吃过后竟大加赞赏，高兴地说这长毛的豆腐太好吃了。从此，毛豆腐便在民间传开了，许多店家便仿效制作这种毛豆腐。

毛豆腐是以水豆腐经特殊微生物发酵后长出绒毛的菌苔，故名。制作毛豆腐所用的水豆腐与普通食用的水豆腐不同。普通水豆腐是以盐卤或石膏作为凝结剂，而做毛豆腐的水豆腐，却是用点盐卤做豆腐干时沥下并经发酵至酸的酸浆水作为凝结剂，这样做出的水豆腐本身就具有促酵能力，且做出的毛豆腐软硬适中，恰到好处。做毛豆腐还必须脱脂，方法是豆腐浆经煮制，上面会浮现一层薄薄的豆腐油，用长竹筷将其挑起即为脱脂。然后，将点过酸浆水卤的豆腐花倒入铺有滤布的方形木制豆腐框内，榨去酸浆水，做成水豆腐后，经冷却，在豆腐框内将水豆腐打成三乘一寸规格的豆腐坯，均匀地撒上精盐和配料，覆上木框盖，盖上保温被，就可以进行发酵。

通常，室温在十二摄氏度左右时需要发酵一周，才能长出细软的茸茸白毛来；如果室温低于八摄氏度，则要采取加温措施。如温度太高，发酵过快，做出的毛豆腐很快就会变质，所以一年中五、六、七、八这四个月是不能制作的。水豆腐在慢慢发酵过程中，由于温度、盐料、配料、发酵时间长短不同，制成的毛豆腐会出现白色、黄色和灰色等不同的菌苔毛。根据不同的毛色，毛豆腐可分为蓑衣毛、鼠毛、虎皮毛、兔毛、棉花毛。蓑衣毛很长，呈酱紫色；鼠毛较短，呈灰色；兔毛很短，起条，呈白色。毛豆腐的鲜醇味也就在于温度的适宜和发酵时间的长短掌握上。油煎后的毛豆腐又称"虎皮豆腐"，下油锅时，毛会竖起来，其色泽斑斓相间，乌黄有致。蓑衣毛和鼠毛的豆腐微带乌色，兔毛和棉花毛的豆腐则呈金黄色，其中数蓑衣毛豆腐色、香、味最佳。

徽州人大都喜欢吃毛豆腐，那些经营毛豆腐的店家，大多是数代相传的豆腐世家，他们身怀独特的制作技艺和销售方法，经常挑一副担子走街串巷地卖。担子前面为火炉，炉上支着煎毛豆腐用的平锅，后面是几捆干柴和一盘盘新鲜的毛豆腐。只要看到路人招手要吃，师傅就将担子放下，迅速将炉火扇旺。当平锅中的香油熬得香气缭绕时，师傅把毛豆腐放入锅中，只听"刺啦"一声，那毛豆腐的香味也就扑面而来。用竹筷子夹起一块煎好的毛豆腐放入口中，鲜而不腻，满口香味，那种快意，无法用言语表达，当地人说："日啖小吃毛豆腐，不辞长做徽州人。"好些摊户还边煎豆腐，边敲竹板，嘴里还哼着徽腔小调："竹板响，喉咙痒，夹（吃）三块，六分洋（钱），一杯酒，真舒畅。"

这些年，每次去皖南，总不忘要尽情享受毛豆腐带来的淋漓酣畅。品过毛豆腐做成的多种菜肴，有"油煎毛豆腐"，即将煎锅烧热，倒入素油，烧至六成热时，放入毛豆腐，以中火煎炸两面，待外面的菌苔毛煎成金黄色便可起锅蘸辣酱食用。这种制法的毛豆腐外脆里嫩，十分可口。有"蛋炒毛豆腐"，即将毛豆腐煎炸到一定程度，叩入两枚鸡蛋，加入葱、姜、蒜末同炒即可起锅食用，这种毛豆腐醇香入味。还有"红焖毛豆腐"，即将毛豆腐煎炸后，加入葱、姜、蒜及适量酱油同炒，再加适量的清汤焖烧至即将收汤时起锅，这种毛豆腐吃起来更为鲜美。还有"铁板毛豆腐"，就是把每块毛豆腐配入调料、肉末后用锡纸包裹起来，码于砚状煎板上，置于火上烧烤食用，别有风味。

尝罢毛豆腐，总有飘然欲仙之趣。它古今一体，可观可品，匠心独具，浑然天成，令人在感受民间肴馔拙朴、粗放的独特魅力的同时，还不禁滋生出一缕思古之幽情。

橘子洲头黄鸭叫

巴陵

橘子洲在外地人眼里是一个旅游胜地，有着令他们向往和景仰的魅力。在长沙人眼里，游玩已经不再重要，倒是说起橘子洲的美食，大家都有些口馋。我所知道的就有湖南特产臭豆腐和"黄鸭叫"。

说起"黄鸭叫"，偌大一个长沙城，可以吃到"黄鸭叫"的地方很多，味道马马虎虎的也不少，却没有一个地方的味道超过橘子洲的。很多达官显贵开着自己的轿车，带着外地客商，到橘子洲品尝"黄鸭叫"，以尽地主之谊。我曾经想过：橘子洲的"黄鸭叫"这么好吃，应该与当地的水土有关。橘子洲地处江心，水都经过沙砾过滤，长沙城里的自来水却用漂白粉消毒，吃起来味道自然不同。

"黄鸭叫"是湘江里的一种野生鱼，并非鸭，个头不大且带刺。有黄色和黑褐色两种，此鱼长鳍的地方带根刺，上有锯齿，抓的时候如果不注意方法，一定会把手刺破。"黄鸭叫"在浅水里游走时，看上去呈金黄色，非常有光泽，渔民就按体表特征给它取了个名字，叫黄骨鱼。还有一种与"黄鸭叫"相似的鱼，只是体表完全是雪白的，叫"白鸭叫"，追踪其渊源，与"黄鸭叫"同宗。"黄鸭叫"得名还有一说：新中国成立前，长沙段的湘江黄骨鱼成群，人们到橘子洲附近游泳时，如果遇上黄骨鱼群游过或者围攻，就会刺得游泳者尖叫不止，声音像黄鸭子叫。我在长沙生活了10多年，对湘江和橘子洲也有些了解，却无法追究"黄鸭叫"的来源。

橘子洲从支桥到洲头一路上是"黄鸭叫"的餐馆，少说也有三四十家。长沙口音"黄"和"王"不分，很多招牌写成"王鸭叫"，让游客笑话。最大的一家要数外商投资的"黄鸭叫美食广场"，场面宽大，可以同时容下三五百人吃饭。"黄鸭叫"从橘子洲开始流行，至今有20余年的时间，也是橘子洲夜市中最为流行的特色菜和招牌菜。

我们都是"老长沙"，花钱小心，嘴巴很刁，对美食要求高，大家一合计就会去私人开的餐馆吃正宗的"黄鸭叫"。橘子洲头有家"范四毛黄鸭叫"餐馆，菜做得非常棒，老长沙人都知道。我们却喜欢"毛家黄鸭叫广场"，因为它有个临江的大广场，场地十分宽阔，可以摆下四五十张大圆桌，非常典型的大排档做法。我们选择"毛家黄鸭叫广场"，还有另外一个原因，就是在吃的同时，还可以垂钓，过一过钓鱼之瘾。撑起钓鱼伞，坐着藤椅钓"黄鸭叫"，也可以临江高谈阔论，又可以看江中来往的游船，真是一举多得。

在有风雨的天气里，湘江里的野生"黄鸭叫"最容易上钩，只要稍微会点垂钓功夫，两三个小时就可以钓四五斤"黄鸭叫"，大的三四两，小的不到两寸长。一般用蚯蚓当鱼饵，八号长柄钩上串满一钩蚯蚓，投入江水中。"黄鸭叫"吃食凶猛，会把钩全部吞进肚里，鱼一上钩就很难逃脱。如果自己是行家里手，可以直接用右手食指捏着前鳍下的软处，它就无法挣扎；如果自己没有足够的把握，最好带一把医用钳子，夹着"黄鸭叫"腰身容易取钩。

"毛家黄鸭叫广场"的"黄鸭叫"养在门口的大玻璃缸里，让来往客人观赏。点菜时也让客人选择，客人指着要哪条，就可以现场捞哪条。

厨师捞好"黄鸭叫"后，在摇井下冲洗干净，钳住前鳍下的软处，食指从腮巴底下抠进去，撕开肚皮，掏出内脏，冲洗干净，抹少许盐和料酒，过一会儿，水滴自然流出，那黏液丝连不断。"黄鸭叫"的肉又鲜又嫩，加上作料的香辣，带点酸味，再蘸点酱油，嚼起来可以细细品味鱼肉的鲜美和香甜。

"毛家红烧黄鸭叫"端上来，一条一条的如剥了皮的小杉木码起，浅黄色甚是好看。炸透了的鱼皮似波纹皱起，真是一件精美的工艺品。夹起一条放在碗里，先咬断鱼头，鱼头的肉不是很多，嚼起来又香又甜又脆，又黏又耐人寻味，让人连骨头也舍不得吐，更放慢了品尝的速度。吃鱼身，先夹着鱼腰，在背上咬一口，撕下一线长长的背脊肉，再一线一线地撕着吃。等露出背脊骨，再吃另一边，也一线一线地剥掉，到只剩肋骨，吃完，就剩整理鱼骨架了。这是吃"黄鸭叫"的行家里手跟我讲的。

鲁南品秋
刘琪瑞

秋色渐浓了，田野里一派亮丽，园里的瓜果、田里的稻菽丰收在望。掰一穗胀鼓鼓的青玉米，拔一苑白生生的落花生，再扒出一两只敦敦实实的地瓜，看看这些新产的秋粮秋果，农人便觉心里熨贴、踏实；稻谷黄了，高粱红了，豆棚下鲜嫩的扁豆、眉豆、秋黄瓜清秀可人，和爽的金风里，你能嗅出那股甜丝丝的香味来……到乡下尝新吧，吃一吃滋润舒贴的农家饭，尝一尝鲜爽纯正的农家菜，整个身心便陶醉在秋日明媚的阳光里。

我的家乡在鲁南小平原上，初秋时节，庄户人家就有采摘半熟的秋粮秋果"尝新"的习俗，做一些鲜爽诱人的小吃食，为的是品足新粮的那份醇香。摘上几大捧白胖胖的花生、青莹莹的毛豆荚，洗净之后放上鲜花椒、大茴香，加盐加水文火慢煮，一缕缕鲜味儿挡不住地直钻鼻孔。作为农家精美的小零食，大人、小孩都喜欢吃，那风味爽气得很、美气得很哩。挑拣几穗鲜嫩的玉米棒子，剥去外层的老皮，只留下一两层白里泛青的内皮，然后入锅水煮，青玉米的香味儿一波一波漫过来，诱得人唾液潜溢。剥去皮儿，玉米那种鲜亮的嫩黄让人有些吃惊，细嚼起来甜香、筋道，余香绕舌。

另一种小吃有些拙朴，在餐馆、饭店恐怕少见，不过，那风味却特别迷人，这便是秋日的烧烤了。鲁南乡下的烧烤大致有两种，一种是野外烧烤。这多是放了秋假的乡下孩子们的把戏。花生是刚从田里扒出来的，还带着一层湿润的泥土，青玉米要用采来的荷叶裹了，老地瓜要用干净的河泥糊上，有时还要爬上果树偷摘下一些毛栗子、硬核桃。蓝天白云下燃一堆野火，火势减了几分后，把准备烧烤的物儿投入火塘，慢悠悠地烧烤着。先吃易熟的花生，那味儿特爽，能品出泥土的芳香、阳光的韵味儿。另一种烧烤，名曰"灶烤"。我们这地方庄户人家的主食是煎饼，家家户户隔三差五就要烙一回，烙煎饼后鏊子底下的余火不能浪费了，所以做饭的母亲们喜欢把采收来的玉米、地瓜、花生之类的秋果实，埋入灶火中烧烤，让孩子们尝尝新鲜。这种烧烤味儿更醇香，比如秋地瓜，灶烤后外皮爽脆内里甜软，还溢出黄澄澄的甜汁儿，直甜到心里，孩子们贪恋着哩。

农家饭远不止于此，花样儿层出不穷。

吃过新粮煎饼吗？把秋天新产的玉米、小米、高粱淘洗干净，上磨磨成面粉，烙制出金灿灿、红亮亮的新粮煎饼，吃起来绵软耐口，新粮那股纯正的芳香连绵不绝，令人回味无穷。

品过杂粮干饭吗？用新产的豇豆、赤豆、黑豆、绿豆，掺了我们这地方新脱出的姜湖大米蒸成杂粮干饭，但见颜色鲜艳夺目，豆香米香浓郁扑鼻，不用佐菜便食欲大振，愈嚼愈有滋味儿。除干饭外，鲁南的粥食也较有特色，喝过小米南瓜汤吗？用马陵山区黄澄澄的小米与南园一带硕大的老南瓜熬汤，米汁金黄油亮，南瓜沙面甜柔，吃起来香喷喷、甜津津，滋润养人，久食不厌。

尝过油栗干果粥吗？把晚秋的郯城大油栗去壳磨成面儿，与新产的大红枣、核桃仁、甜杏仁、野梨片一道煮制甜粥，食之滑爽香糯，润喉生津，梦里都留有干果粥的那份余香哩。

秋季的农家菜更是别具一格，风味独特。简朴随意的，要数秋菜蘸红酱和盐渍韭花黄瓜了。家乡那些巧手的婆婆、大嫂们，秋日里尤善晒制红酱。这种用鲜花椒和煎饼精心晒制而成的红酱，浓稠晶亮，竹筷挑起来绵延不断，远远就能嗅到浓浓的酱香。采摘菜园里青嫩的黄瓜、鲜爽的大葱、红艳的辣椒、水红的萝卜，洗净之后，用这些鲜物儿蘸酱，卷入绵软的新粮煎饼品食，朴素简捷，透爽贴切。

老秋时节，乡人还喜欢腌制一种家常小菜，采收粉白的韭菜花、鲜嫩的油皮黄瓜、蔓长的白眉豆、紫黄的新姜，拍碎后用盐稍腌，这几样鲜物儿相辅相成，那味儿爽得令人啧啧咂摸，佐酒下饭，甭提多美气了。

家乡人，除善制这些有滋有味的小菜外，烹炒煎炸之类的菜也不逊色。稻田里养殖的青蟹，河湾里放养的红鲤，在阵阵金风里已长成了气候，网捕篓捉，烧一道鲜美绝伦的沂河红鲤，蒸一盘肥嫩爽口的稻田青蟹，在豆棚瓜架下，蝈蝈叫声里，把酒话桑麻，品秋唠光景，这样的意境让远道而来的客人流连忘返……

关中大汉"биангбиang面"

刘茵

居京数十年，浓浓的乡情却魂牵梦绕，挥之不去，特别是美味小吃最是难舍，令人神往。

我的家乡在八百里秦川的陕西，小时候曾在西安、渭南居住。那儿的小吃夜市给我留下了极深的印象。入夜，灯火通明，匣子里传出高亢的秦腔，熙熙攘攘的人们穿梭往来。只见小吃摊一字排开，油亮的烧鸡，拌着红辣椒油的荞面饸饹，肉夹馍，酿皮子，锅盔馍……在人们的嬉笑声中，只见关中大汉扯开嗓子，长长的叫卖声此起彼伏：

"杏仁——油茶！"

"醪糟——鸡蛋！"

"烧饼——果子！"

人们在一天紧张的劳碌之余，吃上一盘辣子蒜拌饸饹，喝上一碗酒香醉人的醪糟，抹抹嘴，咂咂舌，那份儿惬意真让人有点飘飘欲仙的样子。

饸饹、酿皮、醪糟我都爱吃，但还有一种吃食我更喜欢，那就是油泼辣子彪彪面。听听，光这称谓就给人以铿锵有力、色香味美之感。

"陕西十大怪"中，吃食占了两怪：烙的大饼像锅盖；擀的面条像裤带。这像裤带一样的面条，就是陕西人爱吃的彪彪面。它简直成了陕西人赖以生存的膳食符号和三秦大地的美食象征。

这"𰻞𰻞"二字不大好念，准确读音应为"biangbiang"；而"彪彪"的准确字形，常用字典查不着，《康熙字典》也没有，民间倒有一种写法，其形如"招财进宝"四字的缩写，而笔画却多达五十二画，除"辶"外，共由九字组成。我随大流，就以"彪"字代替。彪彪面妙在辣、香、筋、宽，观之威武粗犷，食之超强刺激。首先要求把面"揉到"——即揉得地道。面和好后，醒它个把小时，让面团软硬均匀，然后在案板上来来回回地揉，直揉得光滑如绸缎，柔韧如筋胶。俗语说"打出的媳妇，揉出的面。"此之谓也。揉面时，媳妇两腿一前一后，重心交替，左右两臂转换用力，肩膀与腰肢前后摆动，那姿态如舞蹈般优美。新媳妇揉出的面最为标准，因为她不惜气力，这力最终转化为彪彪面的光滑、筋道、耐嚼。揉好后，将面擀成不薄不厚的一大张，平铺于案板，对折成扇形，再叠成几折，切成略宽的条状。面宜宽不宜窄，但不宜太宽；宜厚不宜薄，但不宜太厚。然后在案板上一条一条地抻甩。抻面时，双臂舞动。甩面时，面触及案板，发出"彪彪"的响声，也许"彪彪面"由此而得名。霎时，一条尺长的面即刻变成两三尺长、约寸宽的"裤腰带"了。待水一开锅，将抻好的面投入沸水中，煮好后盛于陕西人称做"老碗"的粗瓷大碗里。接着，就是极为精彩的一个环节：泼！"油泼辣子彪彪面"不在"煎"，不在"淋"，不在"炸"，而在"泼"——油泼。在盛好的一老碗热面上，撒上红红的辣面子，外加一撮精盐，再来点葱、蒜什么的，然后，在传统的铁勺里熟油。那菜油滚热地冒烟，直到小勺起火，火苗跳动、火焰升腾，掌勺人像平托着一根烫手的火把那样，只听得"刺啦"一声，浇到辣面上，顿时一股香气扑鼻。那两强相击如同引爆般的声响，那难以名状的喷香，那超常的刺激，那干柴烈火般的胃肠冲动，这一切的一切，只有吃苦耐劳、一愣二冲、消食如消铁的关中大汉才配享用。"油泼辣子彪彪面",妙在一个"泼"字,"刺啦"一声,境界全出。

关中汉子们端起老碗,边吃边聊,美滋滋的,快乐如神仙。

说起这吃饭的方式,也算是陕西农村的一景。收工、回家、吃饭,端着饭碗,走出家门,或者媳妇、娃把饭送到大树下、石碾旁,左邻右舍,边吃边聊,聊得神乎其神,吃得有滋有味。这时,也许谁家的狗就在身边蹲着,几只小鸡来回啄食,好一幅其乐融融的关中农村风情画!

陕西人喜面食,用的是粗瓷大老碗,透着陕西人的憨朴和西北人的豪爽,与南方人的玲珑小碗丝丝细面相比,竟是大异其趣。

家乡人的这幅画面常常闪现在我的脑中。终于,20世纪80年代我重返故里了。我沐浴着关中平原温煦的阳光,心里涌起阵阵热流,快步向家中走去。

回到家还没坐稳,四婶就说:"茵子,好些年没有回来了,快让娃上街割肉去,想吃啥菜婶就给你做。"我说:"四婶,这钱你省了吧,大鱼大肉我不想吃,就想吃你做的油泼辣子彪彪面!"四婶笑道:"这女子,在北京那么多年,还是不忘家乡饭。好,过会儿婶子就去做,让你美美地吃上一顿。"

开饭了,四婶、妹妹、妹夫、弟弟、弟妹、娃们围坐一桌。面端上来了,四婶做的彪彪面比我在北京吃的任何美味佳肴都香。我吃了一碗,又要第二碗。这时,弟弟慢腾腾地笑着说:"姐,我去北京时,你们家用的碗那么小,三碗才顶这一碗,我都不好意思再盛,吃不饱,瓷皮!你说,彪彪面这么馋人,那小碗咋个吃?"众人大笑,美美地奚落了我一番。可不是,这油泼辣子彪彪面就得用粗瓷大碗才痛快。

吃得好才能活得好,陕西人有面心里美。一碗彪彪面下肚——香到嘴里,辣到肠子,心里就踏实多了,有话好说,天大的事吃了再说。可不可以说,吃上彪彪面,就是陕西人最起码的幸福。不信试试,关中男人出远门,十天半个月,日子长了,到底想媳妇还是想吃面?

  如今,陕西的小吃在京城也占有一席之地。陕西驻京办、老孙家、同盛祥、兰花花等陕西餐馆相继在京城开业。那里,羊肉泡馍、酿皮子、彪彪面应有尽有。约上几位同乡好友,听着乡音,操着标准的秦腔扯闲篇,细细品尝家乡美味,真乃人生一大快事。

热干面精神

李建纲

武汉人幸福的一天是从过早开始的。何谓过早？外乡人不懂，乡内人也未必说得清楚，这是有典故的。典故说来话长，简单说就是吃早点。吃完早点，早上的时间才算过完，一天正式开始，上班、上工、上学，该干什么事干什么事去。由此看出武汉人善待自己，重视早餐，比之富有的上海人只吃点泡饭，尊贵的北京人只吃点煎饼果子，可隆重多了。因此专门供应早点的小店、小摊在武汉就比别的城市多，多得难以计数。每天早晨4点多钟便开门出摊，火旺汤滚，热气蒸腾，锅碗交响，吆喝连声，红黄蓝白黑，煎炒蒸炸煮，数十种花样"引无数英雄竞折腰"。坐着的、站着的、走着的，都在快吃大嚼，然后满面红光如初升的朝阳神采奕奕上班去。

众多早点中，具有广泛群众基础的是一种面，面条坚韧有弹性，各种作料齐全，再浇上浓浓的芝麻酱，只听得呼噜呼噜吸溜吸溜人人埋头吃得香，吃完了抬起头来，用纸擦擦嘴，走了。这就是著名的热干面，早点之王。早点小铺里，可以没有馒头、油条、糍粑、鸡冠饺、坨豆皮、水饺、米酒等这些各有所爱的吃食，但必有人见人爱的热干面。

偌大一座城市里，800万男女老少，胃口如此一致，共同爱好吃这一碗面，不能不令人惊奇，惊奇得你难以想象，如果没有了热干面，这个城市将会如何？

　　我在吃热干面的时候，心里总要向热干面的创始人致敬。他老人家可真了不起！他能把这一碗普普通通的面弄得人人喜欢，一碗面养活了一代又一代的武汉人。他真应该得诺贝尔奖金，无论归在物理学、医学或文学里都行。

　　20世纪30年代，汉口的长堤街、满春路一带是汉口的"天桥"，五方杂处三教九流，搭棚子唱戏的，摆地摊卖艺的，贩夫走卒、引车卖浆、干粗活的汉子来来往往。有个腿脚不利落的汉子挑担卖面，他的面便宜、实在，那些荷包小肚皮大的主儿爱吃他的面。吃的人一多，又往往等不及他把那一把面慢慢下锅煮熟。他们要赶紧吃完去干活，以便赚下一碗面的钱。卖面人急吃面人之所急，动脑思索办法。他事先煮好一大锅面，过凉水再团成一个个小把子放在笸箩里，要吃时抓一把按在长把笊篱中伸入开水锅中烫一下即成，这一小小改革大大提高了劳动效率。

　　却又出现了新情况，面煮多了一下子卖不完，放久了便发生粘连且失去面条的筋道。他试着把面条用麻油拌了，然后散开摊晾，不但避免了上述问题，面也更鲜亮好看，香气扑鼻。然后把作料准备齐全，油盐、酱醋、味精、胡椒粉、葱花、辣椒、萝卜丁一样不少，大头是一钵子油汪汪香浓浓的芝麻酱。将面在开水中三摆两烫，捞起把水沥干，倾入碗中，再一一加进作料，把一碗面点缀得如花朵一般，因为没有汤水，面条便很入味，尤其用一只长把小木勺把那浓香芝麻酱舀上一勺，高悬碗上，让芝麻酱像一条小瀑布般转着圈淌到面上，立刻使色香味足。众人一吃呢，嘿！又香又爽又热又干，就叫热干面吧！一个新品种面食就此推出，竟比每天吃惯了的清汤挂面新鲜好吃许多，而又价钱便宜，立等可吃。从来还没有过这样称心如意的美食。热干面名声大振。卖面汉子即时"起了篓子"发了,也不用挑担串街走巷了,便在满春路口开了一家面店,因自家姓蔡,是兄弟二人,店门前恰有两棵苦楝树,双木成林,店名就叫了"蔡林记"。从此到蔡林记吃热干面,一时竟成了武汉人的时尚。

如今热干面已经满街都是。一个外乡人到武汉来,又凑巧是在早上,他就陷入了热干面和芝麻酱的"重围"中,别想逃出去。待到他糊里糊涂吃下一碗,他也就不想逃了,如此价廉物美经济实惠的面条,只怕他那旮旯就没有。热干面适合任何地方的人吃。据说20世纪50年代,蔡明伟的堂弟蔡明斯,曾被派到那遥远的新疆创办湖北美食店,包括四季美汤包、小桃园煨汤、老通城豆皮等等,都在乌鲁木齐的"达坂城"隆重推出,无奈新疆人胃口难调,不吃这一套,一窝蜂只奔那一碗热干面而去,最后也就只剩下热干面风靡新疆。我从山西来,山西是面食的根据地,我的肠胃基本上是按面食的要求而设计制造的。当初到武汉来,天不怕,地不怕,就怕那一颗颗米粒吞不下。想不到却有热干面伺候,立刻就对武汉大大地增加了好感,热干面把我拉住了缠住了,乐不思蜀。每到汉口中山大道逛逛,多半是到蔡林记与广大群众一起吃一碗热干面,再喝上半碗开水,浑身舒坦地回来了。热干面是雅俗共赏、老少皆宜的食品。讲究美食的人士,坐在小店桌上跷起二郎腿,用一种优美姿态,耐心细致地搅拌芝麻酱,越拌那芝麻酱的香气越浓郁,面的形状颜色也越好看,同时也搅拌起心里一些美妙的感情来,胃口大开。吃时把面条仔细裹到筷子上,慢慢入口,细细品味,或者再加点辣酱。吃完了,嘴唇略有沾染,稍稍整理即恢复原状。人家有这闲工夫,赶着上班的人就不同了,端了一碗面边搅拌边急走,芝麻酱点子溅得脸上衣服上都是,忽然便低头大吃两口,不留神就撞了人,嘴里含着面,连说对不起。武汉人脾气暴,磕碰一下就吵起来,可是一看对方端着热干面,满嘴黑乎乎的,一脸芝麻酱"麻子",不禁莞尔,看在热干面的面子上,算了。我在公共汽车上看到,售票员边卖票,边忙里偷闲端碗紧吃两口。一个小伙子端一碗面,要掏钱买票掏不出来,麻烦售票员把碗端一下,售票员就一手一碗端着,待到小伙子掏出钱来,他又把两碗都交给小伙子端着,好找钱。待到找好了钱去接自己的面时,就搞不清哪一碗是自己的了。

热干面的原材料都是极普通的,没有什么很讲究的东西,但是在做法上却是不能马虎的。面条必须是圆的,一换成扁的那种,加多少芝麻酱都不是热干面了。因为热干面的面条必须软硬适度,吃起来爽口又筋道,甚至面条芯子有一点点硬度。这不仅要靠煮面条时火候掌握好,而且与面粉的质量、揉面的力度、面条的形状都大有关系。扁的就不如圆的效果好。芝麻酱是特制的,并用麻油调开,有的店、摊为了省钱用水调芝麻酱,就成了水货芝麻酱,哪里还有那味道。还有的图省事,一煮一大堆,一卖两三天,更是败坏了热干面的名声。现在有的烫面的开水锅里面煮着骨头,甚至用鸡汤,也算是一种改进提高。但是,若在热干面里随意加上许多不相干的东西,像火腿、香肠、虾米、肉末、熏鱼、腊肉之类,目的只为了抬高价格,那就不但失去了热干面的原有味道,也失去了热干面的本来精神。

热干面就是热干面,它是平民大众的食品,它以价廉物美经济实惠赢得大众的青睐。一直以来,热干面都是装在碗里的面食中最便宜的。我们记得当别的面食都卖到五毛一块的时候,它还一直是两毛钱一碗,两毛钱就能有滋有味地基本吃饱,那时候全国少有。现在涨到一块,也还是最便宜的,因为我们的工资也涨了。热干面的好处,就是穷汉可以靠它果腹,富翁喜欢它的味道。武汉人出门在外,晚上想老婆,早上想热干面。我们家有个年轻人在珠海,天天吃广东早茶,一回武汉赶紧弄两碗热干面吃吃，大呼"热干面万岁"。人不能背叛故乡，首先是因为不能背叛自己的胃口。

使热干面最伤心的也许是武汉人既离不开热干面，不但早餐吃正餐也可以吃，可又从不对它正眼相看。没人拿热干面正儿八经地请客。笑话人穷，就说你小子兜里只有吃碗热干面的钱。可是话又反过来说，只要兜里有吃一碗热干面的钱，你就能在大武汉生存，开拓你的事业。如果把热干面比做花，它就是"俏也不争春"的花；把它比做官，它就是清正廉洁、体贴百姓的官。

武汉人有一种天不怕地不怕的劲头，武汉人有一股坚韧不拔、吃苦耐劳的精神，武汉人能上能下、能大能小、能享富贵能守贫贱，武汉人随遇而安到处能适应环境立定脚跟开创事业，武汉人有许多过人之处的优点，不能说都是吃热干面吃的，但肯定大有关系。一方水土养一方人，吃热干面长大的武汉人，就是与众不同，有一股热干面精神。

故乡的吃食
迟子建

北方人好吃，但吃得不像南方人那么讲究和精致，菜品味重色黯，所以真正能上得了席面的很少。不过寻常百姓家也是不需要什么席面的，所以那些家常菜一直是我们的最爱。

如果不年不节的，平素大家吃得都很简单。由于故乡地处苦寒之地，冬季漫长，寸草不生，所以吃不到新鲜的绿色蔬菜。我们食用的，都是晚秋时储藏在地窖里的菜：土豆、萝卜、白菜、胡萝卜、大头菜、倭瓜，当然还有腌制的酸菜和夏季时晒的干菜，比如豆角干、西葫芦干、茄子干等等。人们喜欢吃炖菜，冬天的菜尤其适合炖。将一大盆连汤带菜的热气腾腾的炖菜端上桌，寒冷都被赶走了三分。人们喜欢把主食泡在炖菜中，比如玉米饼和高粱米饭，一经炖菜的浸润，有如酒经过了岁月的洗礼，滋味格外地醇厚。而到了夏季，炖菜就被蘸酱菜和炒菜代替了。园中有各色碧绿的新鲜蔬菜，菠菜呀黄瓜呀青葱呀生菜呀等等，都适宜生着蘸酱吃；而芹菜、辣椒等则可爆炒。这个季节的主食就不像冬天那样以干的为主了，这时候人们喜欢喝粥，芸豆大米查子粥、高粱米粥以及小米绿豆粥是此时餐桌的主宰。

家常便饭到了节日时，就像毛手毛脚的短工，被打发了。节日自有节日的吃食，先从春天说起吧。立春的那一天，家家都得烙春饼。春饼不能油大，要擀得薄如纸片，用慢火在锅里轻轻翻转，烙到白色的面饼上飞出一片片晚霞般的金黄的印记，饼就熟了。烙过春饼，再炒上一盘切得细若游丝的土豆丝，用春饼卷了吃，真的觉得春天温暖地回来了。除了吃春饼，这一天还要"啃春"，好像残冬是顽石一块，不动用牙齿啃噬它，春天的气息就飘不出来似的。我们啃春的对象就是萝卜，萝卜到了立春时，柴的比脆生的多，所以选啃春的萝卜就跟皇帝选妃子一样费周折，既要看它的模样，又要看它是否丰腴，汁液是否饱满。很奇怪，啃过春后，嘴里就会荡漾着一股清香的气味，恰似春天草木复苏的气息。

立春一过，离清明就不远了。人们这一天会挎着篮子去山上给已故的亲人上坟。篮子里装着染成红色的熟鸡蛋，它们被上过供后，依然会被带回到生者的餐桌上，由大家分食，据说吃了这样的鸡蛋很吉利。而谁家要是生了孩子，主人也会煮了鸡蛋，把皮染红，送与亲戚和邻里分享。所以我觉得红皮鸡蛋走在两个极端上：出生和死亡。它们像一双无形的大手，一手把新生婴儿托到尘世上，一手又把一个衰朽的生命送回尘土里。所以清明节的鸡蛋，吃起来总觉得有股土腥味。

　　清明过后，天气越来越暖和了，野花开了，草也长高了，这时端午节来了。家家户户提前把风干的苇叶泡好，将糯米也泡好，包粽子的工作就开始了。粽子一般都包成菱形，若是用五彩线捆粽子的话，粽子看上去就像花荷包了。粽子里通常要夹馅的，爱吃甜的就夹上红枣和豆沙，爱吃咸的就夹上一块腌肉。粽子蒸熟后，要放到凉水中浸着，这样放个两三天都不会坏。父亲那时爱跟我们讲端午节的来历，讲屈原，讲他投水的那条汨罗江，讲人们包了粽子投到水里是为了喂鱼，鱼吃了粽子，就不会吃屈原了。我那时一根筋，心想你们凭什么认为鱼吃了粽子后就不会去吃人肉？我们一顿不是至少也得吃两道菜吗？吃粽子跟吃点心是一样的，完全可以拿着它们到门外去吃。门楣上插着拴着红葫芦的柳枝和艾蒿，一红一绿的，看上去分外明丽，站在那儿吃粽子真的是无限风光。我那时对屈原的诗一无所知，但我想他一定是个了不起的诗人，因为世上的诗人很多，只有他才会给我们带来节日。

端午节之后的大节日，当属中秋节了。中秋节是一定要吃月饼的。那时商店卖的月饼只有一种，馅是用青红丝、花生仁、核桃仁以及白糖调和而成的，类似现在的五仁月饼，非常甜腻。我小的时候虫牙多，所以记得有两次八月十五吃月饼时，吃得牙痛，大家赏月时，我却疼得"呜呜"直哭。爸爸抱起我，让我从月亮里看那个偷吃了长生不老药而飞入月宫的嫦娥，可我那双蒙眬的泪眼看到的只是一团白花花的东西。月光和我的泪花融合在一起了。在这一天，小孩子们爱唱一首歌谣：蛤蟆蛤蟆气臌，气到八月十五，杀猪、宰羊，气得蛤蟆直哭。

蛤蟆的哭声我没听到，倒是听见了自己牙痛的哭声，所以我觉得自己就是歌谣中那只可怜的蛤蟆，因牙痛而不敢碰中秋餐桌上丰盛的菜肴。

中秋一过，天就凉了，树叶黄了，秋风把黄叶吹得满天飞。雪来了。雪一来，腊月和春节也就跟着来了。都说腊七腊八冻掉下巴，所以到了腊八的时候，人们要煮腊八粥喝。腊八粥的内容非常丰富，粥中不仅有多种多样的米，如玉米、高粱米、小米、黑米、大米；还有一些豆类，如芸豆、绿豆、黑豆等，这些米和豆经过几个小时慢火的熬制，香软滑腻，喝上这样一碗香喷喷的粥，真的是不惧怕寒风和冰雪了。

一年中最大最隆重的节日莫过于春节了。我们那里一进腊月，女人们就开始忙年了。她们会每天发上一块大面团，花样翻新地蒸年干粮，什么馒头、豆包、糖三角、花卷、枣山，蒸好了就放到外面冻上，然后收到空面袋里，堆置在仓房，正月时随吃随取。除了蒸年干粮，腊月还要宰猪。宰猪就是男人们的事情了。谁家宰猪,那天就是谁家的节日,餐桌上少不了要有蒜泥血肠、大骨棒炖干豆角、酸菜白肉等令人胃口大开的菜。

　　人们一年的忙活,最终都聚集在除夕的那顿年夜饭上了。除了必须要包饺子之外,家家都要做上一桌的荤菜,少则六个,多则十二、十八个。看到盘子挨着盘子,碗挨着碗,灯影下大人们脸上的表情就是平和的了。他们很知足地看着我们,就像一只羊喂饱了它的羊羔,满面温存。我们争着吃饺子,有时会被大人们悄悄包到饺子里的硬币给硌了牙,当我们"当啷"一声将硬币吐到桌子上时,我们就长了一岁。

成都的茶馆
张新民

真想再去成都泡一天茶馆。

广东没有茶馆，曾经盛行过茶楼、早茶，茶只是点缀，实质是吃早餐，而且是很隆重的早餐。北京历史上的茶馆恐怕很多，不然不会有老舍的《茶馆》问世，但现在去北京却再也闻不到老舍《茶馆》里飘溢的茶香，琉璃厂街的"老舍茶馆"已成《茶馆》这出戏的纪念堂。云南、安徽、福建倒是出产好茶叶的地方，但也找不到可以喝上半天甚至一天酽茶的去处，唯独四川，尤其是成都，大街小巷，河边路边，老院坝新码头，果园、竹园、公园，寺庙尼庵，处处可见木桌竹椅盖碗茶。

茶馆，是成都人生活中不可或缺的重要内容，堪称一绝。有人甚至说："没有茶馆，那还叫什么成都？"

成都人和茶馆的渊源，可以追溯到明清。明末，成都有名有姓的茶馆已有三百多家，清初则增至四百多家。茶馆，成都人叫茶铺；喝茶，叫吃茶。茶，对于成都人来讲，已经不单是一种饮料。坐茶馆，更不是因为嗓子眼冒烟需要灌一肚子水去，而是一种习惯。

成都的茶馆是纯粹的，纯粹到只卖茶水而不经营其他——一口土灶，灶上坐着几把或十几把水壶，长长的壶嘴上冒着白汽，那是壶里的水已经滚开了。茶博士一手拎壶，一手捏碗，碗里早已备好一份茶叶，只要你往竹椅上一坐，你面前的小木桌上就会依次摆上黄铜碗托、青花瓷碗，随即一注水冲向碗底却滴水不漏，茶叶在滚水里上下翻腾飘出清香，然而却又被严严地盖住了。稍顷，你拿起碗盖拨开水面上的泡沫，一股茉莉花的香味便扑面而来，你细细品上一口之后，或与同桌冲壳子摆龙门阵，或逗鸟，或下棋，或打麻将，或读书看报，或请人算命看相，或闭目养神打瞌睡……总之都由你了，你想要香烟瓜子米花糖，吆喝一声就有商贩前来。茶馆只不断给你添滚水，只要你不更换茶叶，一元钱一壶茶一个位，你可以呆上一整天直到茶铺打烊，没人赶你走。

成都的茶馆又是五彩缤纷的，戏院的川剧没多少人去看，茶馆里"打茶围"却是有板有眼、有锣有鼓，热闹非凡，你端上茶碗围拢前去，旁听闲看。来了劲还可以上去唱上一段，赢得整个茶铺一片喝彩。近几年，茶馆里新鲜的东西层出不穷，换房卖楼、股票期货、电子看病、集邮宠物、旅游指南、婚姻介绍……五花八门。你坐了半天茶馆，脑袋里本埠要闻、经济行情、奇谈怪论、花边消息全有了。

茶馆，是退休老年人每天约会聚集最好耍的去处；茶馆，是消息、新闻的通俗化加工场。茶馆可为你解乏，又令你兴奋，忙中偷闲者、大浪淘沙者、沮丧失意者、得意昏昏者、醉酒者、练摊者、运筹帷幄者、旅行者、走街购物累得半死者，在茶馆都能拥有一席之地。

闻香下马，听韵驻足——前面是茶馆。

一炉滚水几张桌椅，构成一个纷繁的平民世界，一道独特的城市景观。近年有投资者看中这景观，出巨资在成都开设了高级茶楼数家，装修豪华竭尽古香古色，辟雅座设包间、挂灯笼置熏香炉、请小姐操琴瑟、集九州香茗、聚四海茶道，一意弘扬茶文化，高雅是很高雅了，文化也很文化了，进去喝上一盏，却品不到那份独特的成都味。

真想再去成都，对那拎壶的茶博士叫上一声："搀茶！"

醋香的日子
郑建芳

在晋西北忻定盆地，庄户人家家传承着酿醋的手艺，当地土话把酿醋叫做"拌醋"。醋是我们这方人生活的魂魄，一日三餐，无醋难以下饭。农妇们一年要拌好几大缸醋，有醋日子就有滋味。生白萝卜用醋腌了，是盘好菜；滚开水化个辣椒盐醋汤，炝一点胡麻油，调高粱面鱼鱼就能吃得扑溜溜香。日子过得再怎么窘迫的人家，只要女人还有拌醋的心气，这光景就散不了。

我在乡村的土炕上长大，小山似的高粱垛和黑黝黝的醋瓮是我人生最初的课堂。如今，离开故土20多年，乡居的日子变成一个个斑驳的影子，而母亲拌醋的场景，成为我乡村生活的一根结实的筋脉，连缀起了那些光阴的碎片，成就了温暖的记忆。

每年正月十五刚过，二月二的龙灯还没耍，母亲便张罗着捏曲饼。莜麦、高粱和谷子磨成粉，热水和匀，捏成四五十个巴掌大的饼子，放进一个铺了干净麦秸的红泥瓦瓮中，捂在炕头让它发霉，叫"采曲"。那时候，正月过半，过年准备的不多的红枣馍、油糕、烧猪肉即将吃完，烩菜里的油腥越来越少，豆腐、粉条销声匿迹，白菜萝卜又来唱主角，母亲一采曲，就预示着吃食丰美的日子接近尾声。

采曲的红泥瓦瓮要保持相当的温度，它通常占据着家中最暖和的炕头。为了增加保温，黑夜，它穿着我们脱下来的棉衣；白天，又披上褪下来的棉被。在长长的日子里，伴着一家人浊重悠长的呼吸，慢慢地完成霉变发酵的过程。

等到三七二十一天头上，母亲会煮好满满一大瓮高粱粒，等袅袅的热气散尽了，母亲就把通身长满黄毛绿毛的曲饼掰碎，均匀地掺和到其中，这叫"插酵儿"。酵儿瓮放在家门背后，这个庞大的物件使得屋子更显狭窄，人多了就转不过身来。这段日子，村妇们来串门，多以酵儿为话题，"插了吗？""插了，今儿插的！"此后，每天晨起和临睡前，母亲就用一根细的柳木棍在酵儿里"哗、哗、哗"地搅。

接着，家中愈来愈浓地充斥着一种谷物发酵的酸腐气，和经久不散的腌酸菜味儿相融合。那诱人的炖肉、香甜的枣馍，离我们渐次遥远，好日子过后的穷酸气息，叫人懊恼。而母亲也愈发忙碌起来，串门纳鞋底的消闲日子似乎一眨眼就过去了。生产队开始翻地送粪，母亲和一帮女社员每天跟在耕犁后头捡高粱、玉茭茬子，一冬天捂白的脸，被风吹得又红又燥。队上偶尔歇工的时候，母亲就和一伙村妇们到河滩上扫盐土。我们村东紧邻滹沱河，春上干冽的风一场场刮过，河滩上的水分被大量蒸发掉，白花花的盐碱就露出地表，女人们三五成群地拿上刮耙、簸箕和笤帚，去河滩刮盐土、扫盐土，然后，一袋一袋地背回家来，做土胰子，熬土盐。

很快，村子里响起了布谷鸟"咕咕、咕咕"的叫声，北墙根的草返青了，院子里向阳处的羊角葱抽出了嫩黄的茎。在又一个日头明晃晃的早晨，我们在香甜的睡梦中被婶子们的说话声惊醒，扑鼻而来的是一阵浓郁香甜的米粥味道。一骨碌从炕上爬起来，发现大铁锅里熬了满满一锅小米粥，屋子的地上铺了一张大苇席，上面堆着小山一样的谷糠，母亲和婶子们跪在苇席上，满脸通红，费力地把发酵好的高粱酵儿、小米粥和谷糠搓揉搅拌均匀，一簸箕一簸箕地端到厢房的黑大瓮里。

这个过程叫"拌醋"。拌醋的讲究是颇多的，择日子要带三、六、九的吉日。请来帮忙的在拌醋场合不敢大声说笑，怕"惊"了醋，更不能说不吉利的话，会"冲"了醋。小孩子的手是万万摸不得醋瓮的。所以来帮忙的人都是母亲提前挑拣着悄悄约好的，人陆续到齐了就赶紧插了大门，怕冒失鬼闯进来冲了醋。这样悄无声息的气氛有点肃穆，同时也诡秘难言。

孩子们是不大理会这些的，我们关心的是那黄澄澄、稠津津而清香四溢的米粥，它和我们平时喝的稀薄的米汤是那么的不同，那是母亲一年当中唯一的一次慷慨。在那个早晨，我们兄妹几个过足了粥瘾。

只消四五天的工夫，谷糠、高粱酵儿的混合物就慢慢发起热来。这是醋发酵的关键时刻，醋品的好坏往往取决于这个环节。正是锄苗季节，地里的活撑得紧，母亲前后晌在地里埋头锄高粱、玉茭，中午回家做完饭，就一头扎进厢房里搅醋。整整两大瓮醋料要上上下下翻个遍，一天也不敢怠慢，实在是个累人的活。母亲脖子上搭块毛巾，汗水淋淋，腰深深地弯下去，上半身探进又深又阔的黑大瓮里，粗壮结实的胳膊被醋汁蚀得通红。

拌醋，不但凭着辛苦，更讲究"手迹""手气"，而这是叫人琢磨不透的东西。常常是一些拙妇，能拌出紫黑油亮、味道醇厚的好醋，而那些精明能干的女人，却不一定能拌出好醋来。男人们刻薄女人，或者女人之间互相揶揄取笑，总爱拿醋当由头：看谁谁家的醋壶里那股醋，清寡无味，像泡马尿。生人之间打交道，也经常用醋品来揣摩主家的人性。我的堂嫂就是在相亲宴上，凭着伯母醋壶里油黑绵厚的醋而认准婆家人品的。我们小时候常被母亲告诫，女孩子千万玩不得麻雀，否则坏了手气长大腌不好咸菜，拌不出好醋。本家玉成嫂子是个泼辣能干的女人，只是在做醋上不行，醋料到了该发热的时候愣是热不了，常在大中午哭丧着脸来请母亲去诊治。母亲就会用一只黑色的盔子盛了自家的醋料，去玉成嫂子家"救醋"。回来的时候，盔子里会有一把干黄豆，母亲把它拌在醋料里，说是"还肥头"。

到了20多天头上，香喷喷的醋味就慢慢飘散出来了，全然不似先前的酸馊味。这时，吃醋料就成了我们的一件乐事。围到瓮沿边，母亲用手撮一点挨个喂到我们嘴里，一个个就被那股浓烈的醋味酸得挤眉弄眼，直打喷嚏。连着搅了一个月之后，醋基本成熟，母亲把小坛里的土盐拿出来，一把盐、一盆醋料搅拌混合均匀，结结实实撅在两只黑大瓮里，这叫"腌醋"。

醋腌上了，地里的高粱、玉茭也锄罢二遍，村妇们会稍微清闲一点，饭菜上就能讲究一些。中午，除了手搓高粱面鱼鱼外，母亲常和邻家婶子们合锅出糜谷凉粉（绿豆、糜子、高粱、玉米磨成杂合面做的凉粉），用胡麻油、红辣椒炝出喷鼻香的盐醋酸辣汤，拌上新长出的香椿芽，那香味能窜遍半条巷子。

日子已近五月，邻家的桑葚开始泛红，俊朗的黄呱老（学名叫黄鹂鸟）这时候频频光临村庄。它招摇地站在树梢上，"谷儿呱、谷儿呱"，拣最软最甜的吃。而我们这些孩子们是飞不上树梢的，只能蹲在墙根下的树荫里巴望有风拂过，落下几只来，捡了吃。天已经很热了，母亲在放醋瓮的厢房一角搭个铺板，供我们歇晌。她把我们从墙根一个一个拎回来，安顿在铺板上，不让我们吵醒正房里歇晌的祖父和父亲。

厢房的屋子很有些年头了，窗口很小，光线幽暗，常年混合着一种尘土、粮食、醋和老鼠的味道。几只土蜂"嗡嗡嗡"撕咬着窗户上的麻纸筑蜂巢，墙角结着蛛网，墙上挂着风干的马莲叶和老羊皮，四周高高低低排列着缸和瓮，里面盛着谷子、高粱和用醋腌着的萝卜疙瘩菜。在我们歇晌的时候，母亲就坐在门槛上纳鞋底子，她的脸年轻红润，看上去像一只熟透的蜜桃。

日子一晃就到了六月，村妇们忙着拆洗棉衣、被褥，不知哪一天，那两大瓮醋料被移到了院中央，瓮盖揭开，晒在太阳底下，叫"烤醋"。骄阳炙人，黑大瓮整天被日头烤得像烧红的铁锅，一直到太阳落山，瓮壁还烫手。阳光的刚劲一点一点浸透到醋料中，化出一股醇香的味道。我们常趴在上面抽着鼻子贪婪地嗅，也常偷偷地舔食那层黑红油润的醋皮。这时家家户户的院中，都蹲着几只这样的大瓮，浓郁的醋香在村庄上空浮动。

割罢麦子，吃过甜杏和香瓜，等黍子稍黄，枣儿有了红眼圈的时候，就能淋醋了。那时，大抵是在八月十五前后。母亲在厢房架起醋瓴，醋料放进去，倒上清甜的井水，醋瓴底部的小孔插上芨箭箭皮，清亮的液体就"叮叮咚咚"滴到下面的大盆里。在深夜，犹如房檐下的落雨敲击着地面。

刚淋出的醋颜色近似于玫瑰色，酸味很冲，但味道还嫌单薄，像心浮气躁的小媳妇，缺乏岁月的打磨。母亲把新醋盛在黑釉醋缸里，用青石盖盖严，放在厢房的一角让它慢慢地陈化，叫"圈醋"。冬天到了的时候，要把醋里结的冰捞出，以提高醋的纯度。在一个清冷的早晨，走进村庄的街巷，在街门外、粪堆上经常会看到一堆堆明晃晃的冰渣子，那是辛勤的村妇们一大早从醋瓮里捞出来的冰。经过日积月累的沉积和冬天一次次的捞冰提纯，醋的色泽变得紫黑油亮，味道越来越醇厚柔和。

同样的原料和工序,酿出的醋是一家一个味道,有的滋味悠长,有的稀薄清寡,像村妇们或热烈或内敛的性情。而每一个成年之后的子女,认准的只有母亲家醋的味道,那是味觉记忆的源头,有着母亲独特的气息,是一个人终生的眷恋和热爱。

　　如今,乡下的母亲已经不再年轻,但精气神很足,依然年年在拌醋。我们兄妹也都长大在城里安了家,无一例外,每家的厨房里都有一个小陶罐,贮着母亲亲手酿的家醋。拌凉菜,用醋调;吃饺子,用醋蘸。因为父母源源不断地输送,我们的醋罐总是满满的,终年飘荡着诱人的醋香。坛里有醋,乡下的母亲还有力气做醋,这样的日子想来是多么的温暖和煦。

云南人的米线情结
李昌玉

在云南，米线是各族人民喜爱的风味小吃，真可谓风靡全省，遍及城乡。米线选用优质大米通过发酵、磨浆、澄滤、蒸粉、挤压等工序而成线状，再放入凉水中浸渍漂洗后即可烹制食用。米线细长、洁白、柔韧，加料烹调，凉热皆宜，均极可口。

云南人偏好米线的程度，如果不亲眼目睹便难以相信。北方人用小麦磨面做面条，煮着吃。南方过去不种小麦，因此用大米磨面做面条，同样可以煮着吃，而且别有一番风味。到了云南才知道，除了米线，还有一种同样是大米做的"饵丝"，加工方法不同于米线，形状是扁平的，因而和米线的口感有所不同。不过，任何店家，都是米线、饵丝齐备，两者的价格和调料完全一样，任由顾客选择。因此，云南人说的米线，也包括了饵丝。

长期在外的云南人，回家的第一件事必是去米线馆先过米线瘾；也有的甚至不惜千里迢迢，请人从昆明坐飞机捎来米线解馋。

米线，可以说是云南人的第一快餐。卖家将米线放在滚水中烫热，再舀一勺肉汤浇上，外加葱花、辣椒、酱油等调料，食用极其简单方便。不管城乡什么档次的餐馆，都有米线出售，卖米线的店家，比比皆是。在云南，不分民族，不论男女和各色人等，米线都是他们每天不能缺少的食品。如果有一天，云南的市场上没有了米线出售，云南人没有了米线填肚子，也许他们就要发疯了。

"过桥米线"以风味独特、用料考究、制作精细、吃法独特、营养丰富而深受大众喜爱，是闻名中外的特色美食。过桥米线起源于云南的蒙自县，关于它还有一个美丽的传说：蒙自县城外有一个南湖，四周苍松翠竹掩映，风景秀丽，有一座曲折的石桥连通湖心小岛。岛上有几间雅致清静的房屋，是文人学子研读诗书的好地方。有一位秀才常在岛上读书，家中贤惠的妻子每天都将饭菜做好送到小岛上给丈夫食用。可是，这位用功的秀才常因埋头苦读而忘了吃饭，每每以冷菜冷饭果腹。这样一来，身体日渐消瘦。妻子见了很是心疼，于是把家中的肥母鸡杀了，炖熟后用罐子装着，送到岛上给丈夫补身体。可是用功的丈夫又忘了吃饭，当妻子回来收拾碗筷时，饭菜还是未动。妻子看着丈夫用功的样子不忍埋怨，便准备把饭菜拿回家热一热再送来。当她摸到盛鸡肉的罐子时，觉得还是烫乎乎的，揭开盖子一看，原来是汤上面浮着的一层厚厚的鸡油把热气罩住了，从而起到了保温的作用，用勺舀汤一尝，美味不减。从此以后，聪明的妻子就常把鸡汤和米线相搭配给丈夫食用。这事逐渐传为美谈，于是人们纷纷仿效这种方法，从而制作出了鸡汤米线。因为这位贤惠的妻子给丈夫送食物时要经过一座石桥，人们就把这种食物称之为"过桥米线"。

过桥米线至今已有100多年的历史。1920年，昆明开了一家名叫"仁和园"的餐馆，专门经营过桥米线。80多年来，通过几代厨师的不断改进和辛勤实践，过桥米线越做越味美，不仅风味独特，内容也更加丰富，凡是来春城昆明的中外宾客，都要尝一尝云南的这道特色佳肴。

现在的过桥米线由四部分组成，即：汤、片、米线和作料。吃米线时，在一个容量很大的瓷碗内放入味精、胡椒面、熟鸡油,然后将滚开的汤盛入碗内,汤端上桌后,要先将鸽蛋、生肉片、鱼片、猪肝片、腰片及肚片依次放入,再用筷子轻轻搅动,待肉片颜色变白时,放入米线和各种蔬菜,稍等一会儿就可以享用滋味醇美的过桥米线了。

有一种小锅米线,就是在铜制的小锅(锅的口径约18厘米)内加入排骨汤或肉汤煮沸,放入少许嫩韭菜、豆芽或白菜等配菜,待锅内的汤水再次滚沸时放入米线,同时加入适量的甜酱油、咸酱油、精盐、味精、酸菜,再次煮沸后便可盛入碗中,再依据个人口味加辣椒、蒜泥、花椒油等作料。小锅米线味道鲜美、酸辣适中,深受人们的喜爱。

万州之味

文猛

一座城市有一座城市的味道。

譬如古城西安的古董味，是那种古城墙、古砖瓦中散发出的年代久远的深宅大院的味。

乌鲁木齐的羊膻味，是那种羊肉串在红红炭火中烤出的裹着孜然香的羊膻味。

厦门、大连这些海港城市咸湿的海味，是那种大海呼吸所散发出的味……

万州是一座拥有1700多年历史的古老江城，重庆成为中国第四大直辖市后，由于人们通常对直辖市的理解，就会忽略万州这座城中之城，把古老的万州融入了重庆城。事实上，万州早在1700多年以前，就以一种江城的形象在远距重庆主城327公里的地方矗立，历史给了这座城曰羊渠、南浦、鱼泉、安乡、万州、万县，直到今天曰万州，这大概应该是万州的历史滋味，会不会是丰富多彩的万州滋味的一个源头呢？

事实上人们并不是从这样的角度去品读一个城市之味的，往往是以直观的感受去领略城市滋味，而且最先感知到的城市之味大多是从踏入城市的某个车站、码头、机场和某扇城门。

战争的硝烟远去后，城门对于万州和所有的城市而言已变成象征意义上的符号，那并不是城市而言的封面，最先打动心灵的城市之味，往往就在车站、码头和机场。

譬如从车站品读万州之味，我最早的感知是1983年的夏天，那是我初进江城万州。那时万州没有今天这么多的车站，只有江边的较场坝车站。走下汽车，扑面而来的是柏油路的柏油味——软软的路面，一脚下去一个窝窝，鞋上立刻镶上一圈黑边……同很多人回忆很多城市的滋味，这种城市的柏油味几乎是大家共同的感受，成为一代人对一个特定时代的集体记忆。

20多年过去，当年的较场坝车站早已沉入大江，现在万州的车站很多——譬如汽车北站、汽车南站所在的周家坝和五桥，曾经是一片荒草丛生的坝子，三峡移民，水涨城高，如今这两处草坝变成移民新城，回想曾经的阳光、草坝、小溪、野花，注目今天的街道、高楼、广场，沧海桑田的巨变让我们热泪盈眶，难怪很多外地游人总爱从两处车站踏入万州，领略万州泪光盈盈的移民之味。

譬如从码头品读万州之味。奔流的长江尚未形成高峡平湖之前，江城万州下有夔门、巫峡，上有巴阳峡。万州是长江上一方枕梦之地，不管轮船逆流而上还是顺流而下，总要在万州停靠歇息，第二天再去冲险滩激流。搏浪闯滩的江轮散发出浓烈的柴油味，汇集川东门户的桐油、生漆、药材、煤炭之味，启开了江城万州之味的封面，成为人们用味觉记忆江城的主题。

说得有些玄，而且这种滋味并不能让更多人理解和共鸣。其实很多人对一座城市味道的回忆与留恋，往往是因为城市很有地方特色的美食之味，这才是大家认同的。就是蒙上眼睛，把你空投到某个城市，对城市的识别往往就是这种味，比如北京的烤鸭、天津的"狗不理"包子、昆明的"过桥米线"、重庆的火锅等。

万州火锅虽不及重庆火爆，但全城几百家火锅店飘出的奶汤红油火锅香，也让人十足的惊叹。

不过万州人现在发明了一种炸酱面，面是普通的面条，但面条上覆盖一方水土一方江城美味之集成的炸酱的确万州独有，那味还真是相当诱人。万州人到外地出差回来，一下车忙挑一家面馆，狠狠地叫上两碗，馋得慌。外地人到万州全然不顾城里几十家星级酒店，也总是要到面摊来上一碗炸酱面，感觉才真到了万州。

更为火爆或许说更有地方美食特色的当属万州烤鱼。因为高峡平湖，万州成了库区有名的湖城，吃鱼实在简单，而且是独有的长江鱼。但长江有六千多公里，吃长江鱼也并不代表万州，但万州对鱼的吃法有了创新——烤着吃，长方形的铁烤炉盛满红红的木炭火，火上是长方形的铁盘，铁盘上是或用豆豉、或咸菜、或辣椒、或韭菜之类偎依的烤鱼，那味道的确清香独特。我估计照目前的态势发展，万州烤鱼必将烤香中国，也必将召唤很多游人踏波而来，闻香入城。

悠远长久的古城之味，情感绵长的移民之味，清香诱人的烤鱼之味，锦绣湖城，千年万州，必将让更多的人感动和怀念。

天津四味儿

伍振

哏味儿

过去有这样的说法："曲艺演员在别处红透不算红，红遍天津才算真的成功。"现在全国的曲艺都不怎么景气，可唯独天津的相声还颇有人缘儿。据说有一次郭德纲回到家乡天津举办专场相声演出，那天恰逢大雾，京津高速公路封闭，但北京还是有一百多名"钢丝"赶到天津，其中一些狂热分子竟是骑自行车去的。在天津的剧场外面，没买到票的"钢丝"迟迟不肯离去，好像在剧场外转转，心理上也能得到一点满足。

泡在名流茶馆里的，和天津人一样，人手一杯茶一壶水一包瓜子，听相声专场，看着演员身上穿着笔挺的短褂长衫，脸上的皱纹就刻着"相声"两个字。天津各色娱乐场所越来越多，但不少相声园子仍在胡同里悠然自得地开门迎客。从相声大师马三立生前表演的南市荣吉大街燕乐茶社到和平路上的中国大戏院，从老估衣街上的谦祥益茶园到鼓楼镇北门的元升茶社，几块钱一张门票，一壶开水一碗茶，就能听一晚上原汁原味的相声。台上的演员和台下的观众只有几步之遥，没有大牌明星式的做作，只有邻家兄弟般的亲热。相声演员将一个个"贯口儿"、一段段"柳活儿"、一个个"包袱儿"说得滴水不漏，抖得利落山响，那么多人捧场，"好的就是这口儿"。"场场都爆满,年轻人能占上七八成,"经营茶馆的老板为此乐得合不拢嘴,他说,"下午或晚上的演出,有的人上午就来买票占座了。"

相声园子里的茶味、烟味和橘子皮味混合起来,就是老天津卫存留至今的民间味道,在这里可以捕捉到天津的本土文化。听着嗑瓜子声儿、吆喝声儿、喝茶倒水声儿、逗笑声儿,会觉得和生活坐在一起。北京一位老先生每个周末都坐火车到天津,先到食品街吃了早点,再叫辆出租车到茶楼听一整天相声,然后买上新鲜的海鲜,坐火车回家。

洋味儿

五大道是天津小洋楼最集中的地方,大大小小有数百座,汇集了英、法、意、德、西班牙等国的建筑多达230多幢,风格迥异,闹中取静。重新粉刷的墙壁门窗,掩不住旧时岁月的风霜,而让人着迷的正是现代时光背后隐约的沧桑。天津是个不喜欢张扬的城市,小洋楼的繁华与热闹似乎随着北洋政府时代的结束归于沉寂,欧陆风情的希腊柱子、罗马拱顶……都安静地隐在绿树浓荫中。

马场道是五大道地区修筑最早、最宽、最长的马路,马场道121号小洋楼被称为"达文士楼",原为英侨学者达文士居住,典型的西班牙花园别墅,是五大道上最早的建筑。马场道与河北路交界的"疙瘩楼",是京剧名角马连良的故居,此外还有溥仪住过的张园,清代太监小德张的公馆……这里的住户无论是军政要人还是成功的实业家,在当时吉凶难卜的社会背景下,都希冀安逸,不事张扬。这种心理的外化便是房屋尺度宜人,倾向低矮,没有高楼。最巧妙的是民园大楼的方孔式围墙,采用百叶窗的原理,看似透孔透光,实际上从外边根本不可能对院内一览无余，房主人的深居与私密，构成了五大道幽雅沉静的氛围。

若论中国近代城市富人区的规模，天津当属第一。五大道地处英租界的黄金地段，富人争相购地建房，比邻而居。许多北洋政府的政客下野后，也在富人区购置房屋，大多中国房主并不懂得西方的建筑风格与准则，随心所欲地删减或添加，好比自助餐放在一起，喜欢什么拿什么。因此，五大道的洋楼比解放路那些正经八百的西式建筑随意多了。

洋物件到了天津，天津人总能改造得适合自己的口味。当年起士林西餐的成功正在于它不是原汁原味的西餐，而是加入了中国人的口味。它的特色菜"罐焖牛肉"与中国的"红烧牛肉"没什么两样，只不过把大葱换成了洋葱，中餐西吃。

五大道虽然听不到枪声，但洋楼中的密谋却让近代中国硝烟滚滚。清末，当北京城的大老爷们在街头遛鸟逗蛐蛐儿时，津门大沽口炮台上的热血男儿正奋勇杀敌，目眦欲裂，鲜血染红了战袍。1860年，天津被迫开埠，成为半封建半殖民地的城市，九国列强设立了租界。坊间流传：天津的历史就是一部中国近代百年耻辱史的缩影。换一种更为客观的说法：天津的历史就是一部近代中国百年抗争史的缩影。小洋楼之于天津，就像艾菲尔铁塔之于巴黎，既被现实的阳光抚摩着，又被历史的枝叶覆盖着，城市的性格、气质、喜悦和忧伤，都烙在它的皮肤上。

钱味儿

天津有一条散发着"金子味"的大街，沿海河西行穿过解放桥，迎面就是有"天津华尔街"之称的和平路。法国梧桐枝叶繁茂，掩映着罗马式、日耳曼式、俄罗斯古典式、希腊式、文艺复兴式、哥特式等风格的建筑，近代北方金融中心的辉煌凝固在里面。1882年，英国汇丰银行在这条街上开业以后,美、日、法等国外商银行蜂拥而至。20世纪之前,天津的金融往来依靠票号,连外国银行也得靠他们,土洋结合,白银、宝钞、铜钱、银票、洋钱同时流通。

中国银行天津市分行所在的两栋建筑,分别为原日本横滨正金银行和英国汇丰银行。汇丰银行大楼是当年英租界内首家外商银行建筑,古典柱式造型,钢筋混凝土结构,正门用黄铜包镶,金碧辉煌。门两侧矗立几根圆柱,给建筑物以雄伟庄重的点缀。侧门前台阶旁的石雕花坛,造型精美,气韵沉静,无言地见证着天津百年的人间沧桑。

演变了上百年,和平路"华尔街"的"钱味"不减。改造后的和平路如北京王府井,滨江道如上海的淮海路,这片最繁华的商业区是天津人"赶集"、外地人逛店、外国人访旧的地方。"金街"上,熙来攘往的人和琳琅满目的物拼接在一起。商业造就了天津的个性,因为漕运和交易,因为合作和信誉,天津讲究开放、公开和包容。

时下北京人流行"京城结婚津门摆宴",天津的物价比北京低很多,北京人到天津大办酒席,连车费带饭费加在一起也比在北京便宜。因此北京人说:"去了'秀水'就不想去西单了,去了天津曙光里就不想去'秀水'了。"曙光里、八里台和大胡同最能淘到宝。原来位于尖山路的曙光里搬到了黑牛城道和尖山路交口的新市场,依然"原汁原味";八里台也建起新大楼,打出了"北京有个秀水街,天津有个八里台"的广告。

鲜味儿

天津人吃海货的架势和境界招来了北京人,一到"五一"和"十一"长假,天津的海货馆门口停的尽是北京的车。

天津大街小巷卖海货的馆子三步一"岗",五步一"哨",上到五星级酒店，下到"狗食"小馆，都蒸螃蟹、烤大虾。不管走到哪儿，只要心里有吃海货的意思，不出百步，准有海货馆等着，螃蟹、大虾、海鱼、海螺、海蛏子……无所不有。

"五一"是吃渤海梭子蟹的好时候，圆蛴蟹个个顶盖黄，可是价钱也贵，一斤一百多块。世面见得少、心地又厚道的老板挂出牌："螃蟹价高，敬请慎重。"但这也挡不住食客。螃蟹都是精心挑选的，个个比魁梧大汉的巴掌还大，蒸得鲜红光亮，高高地码在大号碟子里，一碟碟往外端，那速度好似车间的流水线，即使这样也供不应求。

天津人对河鲜也情有独钟。每年中秋节前后，"胜芳大螃蟹"个个体大黄肥，蘸上"独流老醋泡姜末"，那鲜味简直贯通五脏。天津人的海鲜、河鲜注重调味，"扒通天鱼翅""扒海羊""宫烧目鱼"做得地道，就是因为有的咸鲜，有的清淡，讲究时令。天津人冬天吃紫蟹，汉沽的紫蟹个头小如铜钱，但蟹黄鲜肥，蒸过之后揭开蟹盖，蟹黄是橘红色的。

北塘"周记海鲜酒楼"的店堂古色古香，海鲜池台很有气势。点菜时，服务小姐手持IC卡跟着客人在硕大的海鲜缸之间穿来穿去，客人花钱不多即可吃到圆脐有黄的大蟹。

天津人爱吃、会吃，也舍得吃，从什么季节吃什么，到什么菜配什么料，天津人琢磨到家了。"狗不理包子""十八街麻花""耳朵眼炸糕""猫不闻饺子"，另外还有"八大碗""四大扒"为代表的天津传统菜肴以及"大饼鸡蛋""煎饼果子""贴饼子熬小鱼""锅巴菜"等。刚出笼屉的"狗不理包子"如同薄雾中的含苞秋菊，咬上一口，油水汪汪，香而不腻，令人回味无穷。

合肥的气味
苏北

有昆虫的气味,有植物的气味。我的朋友说,人是靠气味来识别的。我不能确定,那么我们的眼睛是干什么的?我想:人是靠气味来识别的,可能主要还是指在恋人之间,在亲情之间,在朋友之间。

说世界是由气味组成的,也不为过。比如我生活的这座城市,我对它的气味就相当熟悉。合肥这座城市,应该说还是不错的。对于北方,它是南方了;而对于南方,它也不算太南方。我说它不错,主要指气候上。合肥的气候还是不错的,空气湿润,雨水充足,特别有利于植物生长。合肥夏天的气味,主要是香樟味。那种淡淡的气息,在夏日的午后,散发在空气中,有点清香,仿佛还有点清苦。在夏日的清风中,我骑车上街转一圈,看到许多人行道上,落满了那种米粒似的淡黄色的花,树头上也是。香樟树枝叶密密匝匝,样子清秀圆润,有女子气;或许还是书香门第的女子,特别适宜于这样一个小而温润的城市。

其实说一个城市只有一种气味是不准确的。比如我早晨在大蜀山,人一进那个林子,便仿佛钻进了娘的怀抱。那一份踏实和快乐,是无以言说的。我踏进那一片林子,第一口的呼吸几乎是吞咽,仿佛自己多半是一张巨大的口,又仿佛身上有无数张小口,那是一种忘情的呼吸。在半山的道上,我慢慢体会到植物的气息。那是一种多种植物混合的气息,还有一夜小雨后松软的泥土散发的气息。这种泥土的气息是不同于其他的。它是混合着无数生命的气息，带着小草的、野雏菊的、昆虫的，甚至是小动物的粪便的气息。与大自然说话，你一蹲下来，就平等了。你就能听到它们的呼吸，它们的劳作，它们的生息和繁衍。比如经过这片下了一夜小雨的土地，那些杂杂的不知名的草上，还湿湿地带着潮气，那些开着小蝴蝶般大小的白色小花的野菊，高高兴兴地在晨风中摇着，像一个个头上扎着小花的天使，集体在跳一支《小天鹅舞曲》。草丛中的乾坤可大了：一只像蓑衣虫一样的黑褐色的虫子，有一拃长，身上有几十节，它先是不动，之后像列车到点了，便慢慢开动了起来。它开起来就是一列火车。身下几百只细细的触须，一起划动起来，像列车的无数个车轮，滚滚地向前，一点也不别扭，拐弯、减速，在密密的林中穿梭。它那一颗小小的脑袋及严密的结构，比一列"D字头"的火车还要精致。在这列火车面前，那些蚂蚁就像一个个乘客，穿着深色西服，忙忙碌碌，为生计神色匆忙地奔波着。我痴想：如若把这些小蚂蚁装在这只列车的肚子里，把一颗一颗的褐色小脑袋探出窗外，就是人类的一幅微缩景观；而那些在头顶上飞舞的只有芝麻粒大小的昆虫，就俨然是在空中飞行的飞机了。这一个小小的世界，在这样一个早晨的气息中，在头顶上高大的灌木林中，构成了这个城市的另一种气息的源头。

　　董铺岛的气息又不同于这里了。那里更多的是水汽，还有鸟的气息。对鸟的气息的感受，多来源于鸟的粪便。那种白色的粪便有点鱼的腥气，还有点青草气味。林子中的小路上，那些堆积的腐败的落叶上和头顶上的高大松柏针尖般的树枝上，都遍布着。水，鸟，真的是另一种气息。

　　一个城市的气味其实是多元的。我有时黄昏走进一条不知名的小巷，一阵臭干子的气味忽然飘了过来。这时不由得心生欢喜，不知哪家又买了一碗，回家下酒去了……深夜，路边的昏暗的灯光，热气蒸腾中是一副馄饨挑子的温暖的气味。

"馄饨嘞——，来一碗热热的馄饨——"一声清脆的声音在这夜空中分外清晰，有噔噔的足音走远的声音。

一个城市的气息，其实是一个城市的精气神。一个人喜欢另一个人的气息，想必是爱上了这个人；一个人喜欢一个城市的气息，也一定是深爱着这座城市。合肥这座城市的气息，是一种向上的气息，是人间烟火的味道。

微醺的泸州，还酿着 436 年前的酒
彭童

泸州，微醺中的城市泸州又称"酒城"，这恐怕不仅因为盛产美酒，生活在这里的人们看起来也像始终处于怡然自得的微醺状态。

沱江与长江交汇于此，泸州人自然不会浪费这得天独厚的宝贵资源，沿着滨江路支起一溜儿的遮阳棚，当然重点还在遮阳棚下面，牌局或者麻将激战正酣，辅之以掏耳、修脚等附属产业欣欣向荣；穿过马路，河岸边虽谈不上摩肩接踵人山人海，但也三三两两享受傍晚的轻风；江面上贩卖河鲜的趸船则是一字排开，太阳刚落就已经闪烁起霓虹招揽食客。这可是星期一，泸州似乎已经开始迎接周末。

有人考证说火锅真正起源于泸州的渔民，这个话题恐怕好几个城市还得争论一番，但会吃会喝确是四川的共性。单以最简单的石磨豆花来说吧，豆花本身变化不大，蘸水才是灵魂，各地皆有不同。泸州的蘸水喜欢用生菜油调制，加上自己舂的青辣椒、花生碎等，看似毫不起眼，色泽上甚至有点"质朴"，但保证你胃口大开，突破饭量。

微醺的泸州不仅善于享乐，干起事来也有着那么一股肆意和坦荡的劲儿。我这回的联想恐怕有些牵强，但缺乏想象力和胆量的人绝对创造不出这样奇妙的搭配。连接泸州城区沱江两岸的沱江大桥始建于 1959 年，早已不能满足现在的交通需要。一条全新的复线桥正在修建，而新桥的

位置正是紧贴旧桥左右开工,形成独特的"凹"字形结构,颇具未来风格;双层桥不少,紧挨着的复线桥也不少,但能修成泸州这样的跨江大桥真不多见,绝无仅有的桥梁景观。

在国宝窖池旁品尝 1573 年的味道

酒城泸州无论如何是不能离开酒的,遍布全城的酿酒窖池便是最好的注释。因为年代不同,加上对地理和气候条件的考虑,这些窖池藏在大街小巷,其中单是超过百年历史、连续使用至今的窖池就有 1619 口。历史最悠久的自然是已有 436 年窖龄、全国重点文物保护单位"国宝窖池"。

沿着泸州最繁华的江阳路,拐进一条叫"三星街"的岔路,就是"国宝窖池",这里自古就是泸州酒坊最集中的地方,不到 200 米,就是长江的澄溪口码头,当年酿的酒已经远销荆楚、江浙等地,足见泸州酒业的繁荣。

元代泰定元年(1324 年),泸州人郭怀玉发明了第一代大曲,他也被后人尊为"制曲之父";100 年后,即到了明代洪熙元年(1425 年),一个叫施进章的人改进了窖藏酿酒技术,用"窖藏"酿制了第二代泸州大曲酒;又是将近 100 年,明朝万历年间,舒聚源继承和发展了曲酒糟房,生产出第三代泸州大曲酒。从那时起,酿造泸州大曲酒的窖池被不间断地保留下来,即是今天仍在使用的 1573 国宝窖池群。

当年的窖工独具慧眼选中了泸州城外五渡溪的黄泥,这种黄泥色泽金黄,绵软细腻,不含砂石杂土,且黏性极好,和之以凤凰山下的龙泉井水,踩踩砌筑、打入竹钉巩固而成窖。436 年老窖池群吸天地之精华,酝千年酒母之浓香,早已不是简单的泥池酒窖,而是集发酵容器、酿酒、微生物生命载体和摇篮于一身。几百年来窖池与酒糟周而复始,循环往复地发酵生产,这种神奇的工艺特色被称为"千年老窖万年糟",就以国宝窖池而论,几百年间窖泥内所形成的微生物就达 600 多种。

而今,几百年的窖泥还在,龙泉井也在,不过它显然已经不能应付现在的生产需要了。我们的导游小姐介绍说,虽然国窖 1573 每年的产量不会超过 3000 号,但也只能在后期酿造时才能使用龙泉井的水。

如果国宝窖池只能用来看看,那太不过瘾了,到旁边的"国窖酒韵"道场里还能品尝国窖 1573 的基础酒。窖池与酒糟的循环往复,微生物的繁衍周而复始,这杯酒可就真是 400 多年前的味道了,而且只能到这里才喝得到。可惜没有提前预约,否则还有精彩的酒道表演。

8 月正是最热的时候,国窖里一个工人师傅都没有,只剩酒糟安安静静地发酵。等到 9 月再来,陆续起窖,就可看到酿酒师傅们真正开始忙起来了,而且这道古法酿制工艺也在 2006 年,被国务院列入首批《中国非物质文化遗产名录》。

吕洞宾:但愿长江化曲酒

往泸州城下游方向走 5 公里,长江北岸有一个天然的藏酒洞——纯阳洞,平时这里都大门紧闭,只有在国宝窖池预约后才能前往参观,而且导游小姐一再叮嘱,必须关闭掉所有电子设备,手机、相机等等全不例外,因为里面酒气太重。直到厚实的铁门打开,才发现里面真是云里雾里。迫不及待走进去,鼻腔里早已漾满略有一丝甜味的酒香,相信每一次深呼吸就得有半两美酒下肚。

相传吕洞宾三醉岳阳楼后,被川南美酒吸引,驾着云头来到泸州,"不愿无来不愿有,但愿长江化曲酒!将身倒卧沙滩上,一个波浪喝一口。"

吕洞宾显然已经醉得不忍离开了，而纯阳洞正是他藏酒的好地方。尽管抗日战争时期，纯阳洞曾经被改造成防空洞，但这似乎只是非常时期的非常之举，或许从吕洞宾开始，纯阳洞已经决定接下藏绝世美酒的快活差事了，现存最老的一坛酒已有 130 多年的历史。

　　酒香弥漫的雾气里，根本看不到洞子的尽头。据说纯阳洞全长超过 7 公里，恐怕最里面那一坛真的很久没有人去探望过了；而每一坛酒的位置不同、洞藏的时间不同，它们的风格也不尽相同，因为洞子里每个位置的小气候、微生物含量，包括与外界空气置换的频率是不一样的，每座酒坛身上渗出的水珠，无疑正说明它们各自呼吸着不一样的空气。

　　离开纯阳洞是艰难的，无论此刻只是心醉还是真的醉了，哪怕没有搬一坛酒的冲动——面对千斤大坛，恐怕这也只能停留在冲动上——至少也要多来几个回合的深呼吸。

酒醉东浦

袭玉和

东浦镇是绍酒的发祥地，一个全国闻名的"醉乡酒国"。清代，乾隆南巡，听说东浦的酒好，特地过来品尝后，大加称赞："越酒行天下，唯东浦为最。"遂列为贡品。

东浦人称黄酒为"花雕"而非"绍酒"，究其原因，绍兴人在酒坛上加了花纹，显得古拙别致。清代，皇亲显贵喝的花雕酒俗称"京装"，每坛十斤，制成后直送京都。至于百姓喝的绍酒，只能称"行使"。行使的分量、装饰和质量与京装相比都有区别。行使为二十斤装一坛，专销湖广江淮等地。现在，市场上出售的花雕也有京装与行使之别，但是重量和装饰与旧时颇有差别。花雕品种不少，还有加料的善酿、加饭、元红、香雪、女儿红等，酒更醇，味更厚，以色如琥珀、艳似胭脂、芳香袭人、入口甘醇著称。

东浦花雕质优，不仅因为酿酒技术过硬，更与东浦水质相关。在东浦，酿酒几乎是一门艺术。酿酒行家，尊称"缸头师傅"，没有十几二十年的磨炼，不敢担此大号。家酿花雕，自有独到之处：舀鉴湖水泡米，米是上等糯米，捣碎、蒸熟，摊于竹簟；晾凉后拌上酒药，酒药的分量极有讲究，多了酒味过甜，少了则味烈；然后把它们放进大缸中"作"，待"作"透了，再用酒袋装了上酒架，让酒液慢慢滴入缸内；最后用泥浆封口，存入地窖。普通绍酒存放半年，存放一年以上的称"陈酒"，酒越陈越香醇。

东浦旅游最惬意的方式，就是喝上一碗老酒，在微醉薄醺下，上乌篷船，头靠船篷，沿着长河悠悠慢行，一股淡淡酒味不时飘然而至，酒徒循香寻酒，不由抛锚靠岸。还未进门，就见堆放满地的大肚子酒坛，几乎成了醉乡标志。旧时，东浦多酒肆，老酒生意好做，有"酒窠"之称。东浦有句老话："七世修来街面屋。"商街便是赚钱的黄金宝地。

老街酒馆大抵分两种：一种是小酒店，店堂靠河岸，只有几张桌子、几把条凳，只喝酒，不吃饭，要几样简单的下酒菜，无非是豆腐干、茴香豆之类；东浦还有一种稍考究的酒楼，装潢与城里酒店相差不大，设有雅座，只是少了几分老绍兴的情趣，不过下酒菜倒是很"经典"。我们跨入店内，扫了一眼菜单，只见下酒菜有好几样：糟鸡、清炖鳜鱼、糟熘鱼片、清汤鱼圆、酒糟虾仁、三油鳝焐、干菜扣肉、红霉豆腐、卤烧肉等。现在，东浦居民自酿老酒已经不多，年轻人喝酒大都是瓶装香雪海，此酒略甜。但镇上仍有几家小店还供应正宗的家酿黄酒，店家说，老酒客喜欢喝自酿花雕。

酒乡的下酒菜不同于寻常，充满"酒文化"的气息。先说糟鸡。过去的东浦户户酿酒，糟鸡就是酿酒派生出来的小菜。村民每逢宰猪杀鸡，就将鸡擦盐、裹上纱布后，用酒糟腌渍几天，鸡肉不仅不会变质，反而增添了酒香味。我们吃了之后，感觉比杭州的白斩鸡更鲜、更嫩，还透着酒的醇香，别有一番滋味。

另一款东浦名肴"酒糟虾仁"，也是当地人待客的主菜。酒糟是酿酒的副产品，其味醇厚香浓。以糟汁烹制食物，可以说是东浦的极品菜肴。伙计说，酒糟虾仁需选新鲜大河虾，剥壳，烧时烹入糟汁。端上来后，只见虾仁洁白，入口不仅味道鲜嫩，而且酒香扑鼻，与杭州的龙井虾仁有异曲同工之妙。

我们各人要了一碗加饭酒。加饭酒，顾名思义，就是在酿酒时增加了米的分量，用水少。细细品味，果然酒质醇厚，气郁芳香。东浦的酒碗也不寻常，浅浅的碗底，大大的碗口，粗瓷质料，映着暗黄的酒液。在座一位绍兴同行十分舒坦地呷了一口，说道："这个酒味道很纯，再来一碗。"他告诉我们，东浦吃老酒，起码要"一提"，一提就是两碗。外乡人初来乍到，只吃一碗酒，就不够意思了。

我们各人又要了一碗，酒喝下去后，不能说醉醺醺，却有一种陶然怡悠的心境。从酒楼出来，已经弯月斜挂，华灯初上。凉风一吹，倒是清醒了几分，不由想起绍剧高昂激越之声，此时，月色朦胧，大家扯开破嗓门，顾不得体统，学起阿Q的样子，唱上几句："想当初，悔不该酒醉……错斩了郑贤弟！"

西湖的气味

许丽虹

西湖，一年四季始终弥散着一缕缕芳香。

春天：茶香春天的西湖，空气中到处弥漫着茶香。

陌上初熏。龙井、梅家坞一带，家家门前摆着一个炒茶锅，青青的茶香——是的，那茶香似有颜色，在空气中一阵一阵，比诱你要多一点，比醉你要少一点，只是感到嗅觉被牵引。

西湖边,或雅致、或古朴的茶室里,正在冲泡龙井茶。透明的玻璃杯中，嫩芽悄然飞舞、舒展和沉浮起落，热气旋于杯口，一股清香袅袅升起。

凝神吸上一口，感到一种莫名的神清气爽。这香气要怎么说？清新、淡雅、隽永、高绝……一如江南丝竹的清秀。

西湖被茶山、茶室环绕住，犹如一颗氤氲在茶香中的明珠。

夏天:荷香西湖上的荷花,一朵一朵,宛如引颈的天鹅,自在而安详。

湖风中，这荷花的香气是恬静的，很轻很柔，散发出一丝丝不易觉察的甜，自然到几乎没有痕迹。虽没留下痕迹，却让人忍不住回头寻找。

清晨从北山路绕过去，那荷花得了风露的洗礼，宛如凝聚了一湖的精华。荷香翩然盈路，沁心开窍，只觉心神爽快，暑气顿消。或者在曲院风荷，雨打下来，荷叶上流光四溢，那荷花微低下头做娇羞状，香味便随雨水而格外的浓烈起来，香气逼人，历久不散。

涉湖而过，芙蓉千朵。那阵阵荷香，是夏日西湖留在千年岁月里的味道。

秋天：桂香秋风一起，桂香就开始弥漫。杭州有桂花真好，西湖有桂花真好。

桂花的香气是暖暖的醇醇的，浓郁而丰满。金桂、银桂、丹桂，缀满枝头。当秋风拂过林梢，桂花纷落，密如雨珠，响起一片渐渐之声。人行其间，沐"雨"披香，能不心摇神荡？

其实城里也都是。墙角街头，湖畔路边，一株株桂树都在迎候你。在时淡时浓的香气中走着走着，不经意间迷了路。

对着西湖，闭上眼睛，想念。暖暖的午后弥漫着桂花香……远离杭州的你，还好吗？

冬天：梅香西湖中的孤山，每年一度飘浮起梅花的暗香。淡淡暗香，带点特有的清苦味道。杭州人如果在冬天没闻到这种特有的香味，是不相信身处寒冬的。

幽幽暗香，如淡淡的烟雾，氤氲在桥边、水上、小径旁。林和靖说："疏影横斜水清浅，暗香浮动月黄昏。"白天，往往只看到花形、姿态；黄昏时，朦朦胧胧中，才会注意到梅花的香味，是清香？浓香？幽香？馨香？还是冷香？嗅觉灵气飞动，极为敏感。

西湖寻梅，就是先嗅那一缕缥缈悠远的暗香。

那是西湖的气味，是这个城市典型的气味。

双廊——回归古老而宁静的渔村生活

汪榕 李志雄

穿过繁忙的滇西交通枢纽下关,走过游人如织的古城大理,顺着洱海一路向北,再折向东,就来到这个叫"双廊"的地方。当洱海西岸的城市里闪烁着灯红酒绿,洋人街的酒吧弥漫着各种小资情调,双廊的白族居民却依然像千年前一样,过着本色、纯真而静谧的生活。

双廊镇的街道顺着洱海美丽的水岸弯弯曲曲地延伸,在清凉的微风中绕出美丽的弧线。街道上有错落有致的大青树,大青树下是一个又一个的小摊。小摊的主人是手脚麻利、亲切随和的白族大妈或大婶。

她们卖的东西很简单,却很丰富,摆瓶瓶罐罐的卖凉粉,支油锅的卖煎鱼,放冰块的卖木瓜水,还有很多煮菱角、泡梅子、炸乳扇之类的小零食。七八月间的清晨,也卖鸡、牛肝菌等各种山珍。

"生煎洱海鱼"是这里每天都会上演的美食连续剧。双廊人把鱼称为"家鱼"或"野鱼"。家鱼就是鱼塘里养的鱼,通常是拉出去卖给城里人的;野鱼是从洱海里打上来的鱼,野鱼从小在洱海里自由自在地生活,吃过的东西多,见过的世面广,鱼肉当然结实鲜甜。双廊镇上的大妈和大婶们卖的鱼,都是这种喝洱海水、吃"百家饭"长大的野鱼。

每到黄昏的时候,附近村子里的大叔们就划着船出发了,他们伴着夕阳的余晖,悠悠地把网撒到深蓝色的洱海里,然后再悠悠地回家吃晚饭。

有时候，他们会带回些海菜或者菱角，也会提前捕获几尾黄壳鱼，家中的餐桌就因此丰盛起来。第二天一早，他们又趁着黎明的微光出发，到洱海里收网。网上稀稀疏疏地挂着大小不一的鱼，那是洱海送给湖边住户的礼物。打鱼的人把网收起来，大鱼扔进竹篓，小鱼放回洱海。当太阳从东边升起，金色的光芒洒满碧波的时候，大叔摇着橹，漾着一圈圈波纹回到镇上。

这时，摆摊的大妈和大婶们已经出来了，卖鱼的大婶和打鱼的大叔都是很熟悉的人，半买半送，半开玩笑半聊天，新鲜的野鱼们易了主。大妈们用新鲜的洱海水把野鱼养在盆里，等着顾客光顾。野鱼们在盆里快乐地游着，对自己即将变成美味的命运毫不担心。

我在桌子前坐下来，摆出吃鱼的架势。卖煎鱼的白族大婶就将新鲜活鱼迅速去鳞、挖鳃、破肚、冲洗干净，放到油锅上。油锅发出"吱"的一声巨响，鱼在锅上跳了两下，就安静地将自己变成了金黄色。

大婶将煎好的鱼出锅，放上作料，笑吟吟地递给我。我大快朵颐，那鱼香味独特，皮酥脆，肉鲜嫩，简单的烹饪手法，却做出了人间至味。

洱海地区被称为"高原上的明珠"，是有名的鱼米之乡。双廊人靠海吃海，千百年来练就了一身吃鱼的好本领。这里基本天天都有鱼吃，洋芋酸辣鱼、砂锅豆腐鱼、木瓜煮鱼、冻鱼……无论走进双廊的任何一户人家，他们餐桌上的鱼都要比昆明餐馆里做出的鱼好吃百倍。这是双廊人的天赋，也是双廊游客们的福气。

做乳扇也是双廊白族人家普通的功课之一。天气晴朗的早晨，我们被温柔的阳光和小鸟唤醒，大妈已经提着刚挤的牛奶回来了，牛奶里似乎还飘着清晨露珠的清香。大妈把牛奶倒进大锅，然后加入酸浆，用一根木棍不停地搅拌。慢慢地，牛奶越来越稠，最后变成了胶状的半固体奶酪，大妈把奶酪倒进木桶，提到院子里。院子里有一排竖着的木杆，只见大妈手法灵巧地将奶酪拉成扇形，绕在木杆上晾晒，一根木杆上可以晒好几片乳扇。不一会儿，院子里的木杆上便挂满了奶黄色的乳扇，奶香味飘满了整个庭院。坐在屋檐下，闻兰花散发出的悠悠清香。乳扇晒到七八成干，大妈就开始收了。于是，我先吃到了绵韧香浓的生乳扇，又吃到了充满玫瑰花香的玫瑰糖烤乳扇，最后是餐桌上酥脆的夹沙乳扇。同一种食品，却能变化出完全不同的味道，乳扇的魅力就在这里。

吃生皮一定要赶在中午以前。勤劳的白族人大清早就起来杀猪，杀好之后，他们就地取材，用点燃的干稻草褪猪毛。稻草"噼里啪啦"地响着，黑黑的猪毛瞬间就化成灰烬。手脚麻利的大叔们迅速将烧过的猪刮洗干净，肢解成几大块。猪后腿上的皮最是脆嫩，用手一撕，"刷"的一声，整个猪后腿的皮就应声而下，皮与肉分离得干净利落。撕下来的猪皮切成细丝，拌上酱油、盐巴、辣椒、萝卜丝、芫荽等配料，一碗美味无比的生皮就做成了。爽朗的白族人甚至不用拌作料，直接切了生皮拿来下酒，脆嫩绵软耐嚼，叫人怎么舍得离开双廊。

鲜鱼、乳扇、生皮，这些在双廊人看来再普通不过的东西，却象征着我们今天已经失落太久的乡土生活。所以，那么多的人来到双廊，来到青砖白墙的白族院落，看蓝天白云，看潮起潮落，看屋檐上的荒草，看墙角灿烂的野花……仿佛回到了自己心灵的故乡，一个如双廊一般宁静和谐的田园。

用舌尖亲近雨林

贺泽劲　晓鹰

一如西双版纳绚丽多姿的雨林风光和民族风情,西双版纳美食也有着浓郁的地域和民族特色。傣族、哈尼族、拉祜族、布朗族、基诺族等13个世居此地的民族,采自然之灵气,聚雨林之精华,创造出璀璨的饮食文化。但对于早就习惯了"食不厌精,脍不厌细"的食客来说,乍一接触到西双版纳的美食,难免会有惊讶或错愕之感,流过舌尖的先是一种颠覆般的震撼,宛如领悟到一部"暴力美学"的巨作,顿时便领略用舌尖亲近雨林的感觉。神秘绚丽的野生植物,令人毛骨悚然的昆虫,匪夷所思的烹饪方式……散发着自然气息的雨林美食,看似粗犷质朴却又独辟蹊径,看似茹毛饮血却又绿色健康,品味西双版纳美食,寻找到一种天真盎然的野趣,一种融入自然的人类饮食的古老记忆。

餐桌上的雨林风情

生机勃勃的热带雨林,便是西双版纳美食取之不竭的天然食材仓库。西双版纳人走进雨林,就有如魔术大师将手伸进了"百宝箱",眨眼间就能拿出一桌令人眼花缭乱的盛宴。

通过一个叫玉香的傣家姑娘,我见识了西双版纳人的这种神奇功夫。时值正午,玉香邀请我们到她家的竹楼里用餐。看到她家中并没做什么准备，我奇怪她要如何款待客人。玉香把我们在火塘边安置好，便和妹妹玉纳、弟弟岩丙背着竹篮走进了山坡的密林中。没过多久，他们就满载而归，篮中装满我们叫不上名字的花朵和野生蔬菜，当然，也少不了虫子。

"这是苦笋，这是水蕨菜，这是竹虫，这是水蜻蜓，这是芭蕉花，这是鸡蛋花。"玉香边择菜，边教我们认识一些蔬菜和昆虫。

西双版纳素有"植物王国""动物王国""药材王国"之誉，其独特的气候和地理环境，培育出了与众不同的食材。雨林盛产各种野生植物，菌类、山茅野菜、水果花卉皆可入席。西双版纳的雨林居民向来有食用野生蔬菜的传统，历史上他们几乎不栽种蔬菜，而是利用雨林中三四百种植物的根、茎、叶、花、果等，满足饮食所需。西双版纳潮湿炎热，昆虫种类繁多，蝉、蜘蛛、蚂蚁、竹虫等昆虫看起来很惊悚，却是高蛋白、低脂肪的纯天然食材。傣族自古就有吃蝉遗风，有守灯待蝉的风俗。

饭做好了，玉香仿佛把雨林都搬到了餐桌上。如果要用一个词来形容，我会选择常用来形容海鲜的"生猛"，所有的菜肴都仿佛带着露珠的新鲜，都散发着热带雨林的生命力。那翠绿如丝的青苔，原来竟是一种从水塘、河流中捞出的水生藻类植物。这种被很多人弃之不用的青苔，富含绿色素、叶黄素、胡萝卜素和维生素等营养成分，是傣族人眼中的天然绿色保健食材，可煮可烤，可焙可炸，也可用作蘸料。一盆青苔汤端上，似一块无瑕碧玉，入口则有一股鲜美滋润身心。最让人惊艳的莫过于鲜花做成的菜肴，真应了古人"秀色可餐"那句话，让人馋涎欲滴，又怕暴殄天物，小心翼翼地把一片花瓣送进嘴里，任由芬芳充满口腔，人就仿佛融化在了清新的雨林里。鲜花富含氨基酸，傣族女性曼妙的身材和美好的容颜，恐怕与她们经常食花驻颜大有关系。

食材取之雨林，是靠山吃山的顺理成章，而就地取材的烹饪用具，则更能彰显匠心独具的智慧。

在当地被称作香竹糯米饭的竹筒饭，是西双版纳美食中的代表。这种竹筒饭，是取一种傣语叫"埋毫澜"的翠竹为炊具烤制而成的。竹筒是炊具也是食材，劈开竹筒便会发现，竹瓤的清香与米饭的糯香早已浑然一体了。做菠萝饭时，要将菠萝肉剜出，菠萝壳被当作盛具。包烧是西双版纳人很青睐的烹饪方法，当地人从树上摘下芭蕉叶或木冬叶，就有了现成的烹饪工具。不管是野生蔬菜，还是肉食水鲜，裹进绿叶里，用竹篾捆好焐在火塘的炭火下，煨熟后不但能保持食品的原汁原味，还有诱人的清香。

随处可见的鲜翠欲滴的芭蕉叶，既可用作盛放食物的盘盏，也可用作简易的桌布，这些芭蕉叶都是一次性的，真是绿色环保的生活用品。

让舌头经历一次探险或放纵

与热带雨林食材的原始粗犷相映成趣，西双版纳美食的加工工艺和烹饪方法也质朴原始，其加工工艺主要有剁、腌、舂、包等，烹饪方法主要有蒸、煮、烤、煎、炸等。

为应对雨林地区的湿热环境，西双版纳人多用腌制的方法来保存加工食品。不仅腌制牛肉、猪肉、鱼肉等荤菜，也喜欢腌制竹笋等名目繁多的素菜。傣族、哈尼族、瑶族、基诺族等少数民族的腌制工艺各具特色，但都非常讲究，调料丰富，除了具有保存食物的作用外，更能赋予食物酸鲜开胃的功能。腌制食品有的可直接食用，有的可蒸可烤，咸、香、酸、辣味俱全，也使得酸味菜成为这些少数民族的经典菜式。

雨林培养出来的大厨们，走的是豪放派路线。一些血淋淋的加工工艺和烹饪方法，保留了远古饮食文化的遗风，也最为游客津津乐道。

剁生，是彝族、傣族、白族、布朗族等少数民族保留至今的古代生食的遗俗。正宗的剁生，是将各种肉剁碎，加上调料生吃。据说剁生的最初原料是麂肉，后来逐渐发展为牛肉、猪肉、禽肉和鱼肉等。剁生是重大节日、红白喜事或招待贵宾的佳肴，而且只有男性才能剁生，女性是不能去剁生的，不过她们可以将男性剁生水平的高低当作择偶的标准。据说，这里面蕴含着雨林民族的宗教信仰。

生吃，听起来很恐怖，可一旦过了心理关，吃起来极其鲜嫩，细腻如泥的生肉入口即化，原汁原味的野性顿时在唇齿间激荡，咽下便仿佛获得了直面危机四伏的雨林的勇气。

像生吃一样，难以被外界普遍接受的西双版纳美食，还有哈尼族的"肉芽"、傣族的"牛撒撇"等。

哈尼族的"肉芽"，是将肉配好调料后吊起，任肉发臭生蛆，蛆虫便是营养价值极高的"肉芽"。等蛆长大便会掉落到肉下挂着的兜中，或用棍敲击臭肉，白蛆便纷纷坠落，拾之油炸或炭烧，异香扑鼻，非常可口。

傣族的传世名菜"牛撒撇"，具有药膳价值，可助消化，消暑解毒，是酷热雨林里的消夏祛热良品，可就因为其作料过于独特——取牛胃苦肠里的汁液和未消化的残渣混合而成，因而难以被人接受。在宰牛前，傣族人会给牛喂食一些具有清凉、杀菌功效的植物——五加叶和香辣蓼草。牛被开膛后，迅速从牛胃中取出已初步消化的草汁，与小米椒、花椒面、八角、草果面、野香葱等作料一并拌食牛肚条、牛脊肉等食物。

"牛撒撇"色香诱人，可知道了其做法，要下口还是需要勇气的。第一筷下去后，一股辣味、苦味掺杂着野草和泥土的清香，直冲脑门，我便醍醐灌顶般醒脑开窍了。细细咀嚼，一同被嚼碎的还有偏见。

看似惊世骇俗的西双版纳饮食习俗，绝非蛮夷落后之举，而是因地制宜融入自然的一种方式。

如梦如幻的味觉之旅

西双版纳的饮食集咸、酸、辣、香、麻、鲜、甜、苦诸味于一身。以傣族为主的西双版纳地区的人们喜食糯米，诸味中又尤以咸、酸、辣、香四味为最。与大刀阔斧的加工烹制方法相反，西双版纳人在调味上却很精细，舍得下功夫，他们制作的蘸料特色鲜明且种类极其丰富，与粗放的烹饪一道，形成了奔放却不失细腻、张弛有度的韵律感，让食客俨然进行了一次如梦如幻的雨林之旅。

雨林地区的人喜食生腥食物，故也嗜酸味。除食醋外，傣族人还擅长制作各种酸菜。如将嫩笋切丝，加入辣椒等腌成的酸笋，是烹饪西双版纳名菜酸汤煮鱼、酸汤鸡等酸味菜肴的重要调料。这种植物发酵出来的酸，味道浓郁醇厚，格外去腥解腻，酸得人每个毛孔都熨帖，却又不至于倒吸凉气。西双版纳的饮食也大量用辣，常用的辣味调味品有辣椒、胡椒、花椒、芫荽、苤菜、姜、蒜、荆芥、薄荷等。显然，性情温和的西双版纳人是不以能吃辣为傲的。所以，他们的辣味既非太辣，也非麻辣，而是去腥增香、恰到好处的"幽辣"。西双版纳是香料作物的风水宝地，香料植物达500余种。西双版纳饮食经常要大量使用香料来去异味、增食欲。香茅草天然含柠檬香味，具有和胃通气、醒脑催情的功效，是当地各种烧烤中必不可少的香味调料。香茅草烤鱼便是傣味菜肴中知名度很高的招牌菜，将腌制入味的鲫鱼、罗非鱼用香茅草捆裹好，用木炭小火慢烤至鱼熟透，味道奇香，鱼肉酥脆。

喃咪，汉意为"酱"，是西双版纳最常见的调味品，其味酸辣香甜皆有。

口味多种多样的喃咪，不仅是各种野菜、生菜的蘸料，而且还是糯米饭的最佳配菜。根据所用主料不同，西双版纳地区流行的喃咪有番茄喃咪、芝麻喃咪、酸笋喃咪、螃蟹喃咪等。

随着旅游业的兴起，西双版纳的雨林美食走出了封闭的山寨丛林，由云南走向了全国，在许多城市占据了一席之地，给人们送去了令人耳目一新的美食体验。

慢美食
王太生

在一个速食年代,我有时会想起慢美食。比如,从前我会经常看到,一个人面前摆一碟花生米、一盘五味干丝,坐在那儿,细嚼慢品,能够消磨大半天的光阴。

五味干丝,是一刀一刀切出来的。将豆腐干先平削成薄片,再切成细丝,除了刀工,还要极有耐心;临了用沸水焯,去除豆腥味,冷开水轻漂,加入肉丝、鸡丝、笋丝、姜丝、肴肉丝,淋酱、麻油,拌香菜,滑嫩爽口。

那个人坐在天井里的一棵枇杷树下,明净的青花瓷小碗中倒清冽的酒,他就这么慢慢地呷,细细地品,在酒的芳香中,打发悠闲的日子,碗中倒映出澄明的天空。

有人吃东西,天生吃得慢。这样的人,与同桌吃得虎虎生风或者狼吞虎咽者相比,是两种不同的行事风格和处世感觉。

吃得慢的人,总是吃亏。他被别人抢占了先机,这是没有办法的事情。所以,外出旅游的团队餐,一改平时筵席上的彼此谦让和温文尔雅,吃得风生水起,倒是真实体现了人与人之间的微妙关系。

慢美食自不用说,是只提供给一个人享受的。我的邻居张二,以前跑销售,是一只常在沪宁线上飞来飞去的鸟。有一次,张二从南京坐车去上海，途中闲寂，就不慌不忙从包里拿出两只清蒸大闸蟹，一边品，一边看风景。一车厢的人恹恹欲睡，只有他两目炯炯。等到两只螃蟹剔吃干净，面前摆着两副完整的蟹壳，不知不觉中已抵达终点。

吃有些东西不能急。长江三鲜中的刀鱼，肉质细嫩，但多细毛状的骨刺，吃快了会卡刺在喉。

还有吃螺蛳，是费时间慢慢吮吸的。吃螺蛳吃快了，非但吸不出螺蛳肉，而且会将螺蛳肉卡在壳内，欲速则不达。一次，有一位北方的朋友吃螺蛳，费了很大的气力，却始终不得要领，终没有将螺蛳肉吮吸出来，最后只能借助于一根牙签。

有些东西就是用来慢享的。我的另一个邻居朱老五，平时喜欢买半斤猪头肉。油光可鉴的猪头肉，经过文火慢炖，绵软酥烂。朱老五目不斜视，坐在那儿喝酒。别人打牌"三缺一"，喊他。朱老五睁一只眼，闭一只眼，不慌不忙，回复人家："吃东西不能催，我排行老五，我妈生我时都安排好了，急了、快了，就没有我朱老五。"

慢美食，宜轻挑慢捻，锅底舔着温柔之焰，锅内翻腾的是趵突之泉。一锅汤，熬上三四个小时，不温不火，直至一星青灯如豆。

小时候，端午节吃粽子，外婆总要用一口大锅慢慢煮，等到一觉醒来，已是子夜，满屋飘香。

煮河藕也是一样。30年前，我看到农人，撑一条水泥船来到城河边。船头往往支一口紫红色的砂灶，灶上置一口大铁锅，舀入河水，农人将鲜藕盖上荷叶然后盖上木锅盖，再用芦秆、干柴生火，慢慢去煮，河面上飘荡着藕和荷叶的淡淡清香。

文人青睐慢美食，京城作家林斤澜擅做温州菜"敲鱼"。将鱼去皮去骨，切成巴掌大小的鱼块，然后就用擀面杖慢慢敲。"敲鱼"是一件费时费力的事，缺乏耐心不成。林斤澜不慌不忙，直至把一块厚厚的鱼肉，敲成薄薄的像面片一样的鱼片。

用文火和时岁慢慢地熬，日子过得不疾不徐。腊八粥，清人富察敦崇在《燕京岁时记》中说："用黄米、白米、江米、小米、菱角米……合水煮熟，外用桃仁、杏仁、瓜子、花生、榛穰、松子……以做点染。"就像人到老年，又像经年日久的婚姻。

前年在成都，听说"灯影牛肉"。灯影，即皮影，用灯光把兽皮或纸板做成的人物剪影投射到幕布上。这种牛肉切成极薄的肉片，薄到在灯光下可透出物象，足见其薄，不知那个切片的人倾注了多少缜密的心思。

慢美食，细吹细打，慢条斯理，将食材精雕细琢，做事避免一蹴而就。有一种人微闭眼睛，细嚼慢咽，既品尝出食物的真味，也是对自己安静内心的一次温柔呼应。

腊肉原生态

云无心

对现代都市人来说,腊肉算得上是一种民间传统美食。如果再加上"原生态",那就更为它增添了许多"舌尖上的中国"的气息。不过,在儿时,"用不着再吃腊肉"是我最大的人生梦想之一。

腊肉在四川很盛行。在农村,至少在传统上,腊肉并不是作为一种美食而生。农民做腊肉是因为吃不起新鲜的肉,也没有其他更好的方法来保存。做腊肉只是保存肉的一种无奈选择。

每到农历的冬月、腊月,农村就开始杀过年猪。对于多数人家来说,买肉吃是件很奢侈的事情,自己养一两头猪吃上一年可以说是常态。冰箱是没有的,要把肉放上一年,就只能依靠传统智慧。

最原生态的腊肉并不选择材料,只要是当时吃不了的肉,全都做成腊肉。除了肉,做腊肉的原料只有盐——把一头猪的肉做成腊肉需要几斤盐。先把盐炒热,把大块的肉放到锅里,在肉的表面充分涂抹。所有的肉都抹上了盐,放在大锅里腌一晚上,第二天就可以挂起来烤了。

许多饭店里的腊肉号称用松枝烤制。但松枝并不是烤腊肉的好燃料——它会产生烟,虽然有人喜欢它带来的味道,但我很不喜欢。在燃烧的过程中,松枝火星四溅,落在身上是很烫的——如果家里有易燃物,这实在有点危险。

最好的燃料是"水柴"。夏天的时候，山洪会冲走许多树木。洪水退去之后，河边的沙石之中就会有许多木柴。这些木柴经过河水的碰撞冲刷，变得相当干净。晒干之后，烧起火来少有异味，也很少有烟。

腌好的肉烤两三天之后，肉的表面变干，会有一些盐粒析出来。水柴或者玉米棒的芯子烤腊肉都不会产生烟，烤出来的腊肉基本上保留着肉的本色，只是有些发黄。而有烟的柴火烤出来的肉就会变得黢黑，比较影响食欲。

不清楚祖宗们是如何发现腊肉可以长期保存的。长大以后，以研究食品为生的我再去审视腊肉，发现它其实很符合食品保存的原理——被盐浸透，又被火烤得失去了大部分水分——高盐和脱水是抑制细菌生长的两种常用手段。在这里，祖宗的经验与现代科学的原理是相通的。

当年农村养猪，唯一的追求就是"肥"。猪皮下面是厚厚的脂肪，一口下去跟吃了一口油差不多，而且通常都很咸，没有什么肉的香味。猪的瘦肉部分，比如前后腿，往往在过年的时候就吃完了。在过年之后漫长的几个月中，这些腊肉可以算是食之无味，弃之可惜。没有了瘦肉，也就只有皮还算不腻。不过，充分烤干的猪皮是脱了水的胶原蛋白，难以直接煮烂，需要先用火烧——尤其是猪蹄，不烧的话几乎无法煮到能嚼得动的程度。烧猪皮的时候会有浓重的焦煳味飘散到空气中，于是左邻右舍都知道这家那天是在吃肉了。

当腊肉不再是无奈的保存手段，而变成一种传统美食，也就不再是"原生态"了。

比如说，选材可以变得精细，五花肉或者前后腿肉就比那些肥得流油的肉要好吃得多；除了盐，也可以加入其他的香料，从而使得味道更加丰富；至于烘烤的条件，柴火既不方便又不安全，完全可以用现代食品工业的设备来进行。

多年以后,在美国某个偏僻的小镇上,我在美式的厨房里"山寨"了腊肉——买的是猪前腿,美国的猪肉很瘦,基本上是皮连着瘦肉。腌过之后放在烤箱里,用烤箱能够控制的最低温度烤了一晚上,就变得黄而发亮,颇为诱人。在聚会的时候,这些"腊肉"果然一鸣惊人,被一抢而空。

不过,不管是原生态的腊肉还是精挑细做变成了"传统美食"的腊肉,都不是健康食品。首先,美味的腊肉得有相当多的肥肉,太瘦的腊肉口感很差;其次,但凡腊肉总得有很多盐——虽然可以少用,但低盐腊肉无法得到"正宗"的风味。此外,腊肉在制作过程中失去了大多数的维生素,还会产生一些诸如多环芳烃之类的致癌物——虽然不见得有多少,但总比新鲜的肉中要多。总而言之,作为加工肉类,腊肉跟火腿肠、培根等一样,都是现代饮食指南中限制摄入的。

如果我回到家乡,大概还会尝尝原生态的腊肉来唤起对童年的回忆——其实,随着瘦肉型猪的流行以及生活水平的提高,那种一咬一口油的回忆已经很难再现了。在日常生活中,就还是算了吧——儿时那个"不用再吃腊肉"的梦想既已实现,至少从健康的角度,还是应该珍惜的。

沙湾大盘鸡
方如果

大盘鸡可能是唯一由货车司机们普及并且带到各地的一种新疆美食。

全程5000余公里的312国道起于上海，止于新疆霍尔果斯。20世纪90年代，这条著名的大通道经过上海、江苏、安徽、河南、湖北、陕西、甘肃、宁夏和新疆，是最早的大盘鸡传播之路，而它的起点便在新疆沙湾。之后大盘鸡还向西沿天山进入中亚。仅以路程衡量，其长度远超丝绸之路，当然，这是后话了。

二三十年前的沙湾县城，穿城而过的312国道便是县城的主街道。那时有"要想富，就撵路"的说法，早前沙湾县城由老沙湾迁至三道河子，就是为了撵这条路。

县城西郊，土木平顶矮房外带一个大凉棚，这个凉棚就是公路边食堂旅社的标志。棚子会刻意与公路保持些距离，方便大货车停放。这样的食堂、旅社、商店在公路两边密密麻麻，成就了新疆每一个县城的城乡接合部，热闹远胜县城。当时的沙湾西郊，也因此有了"上海滩"的绰号。

叫"上海滩"不仅是因为面前的这条路可一头扎到上海，更因为司机们不断带来的财富、信息、消费方式和花枝招展的女孩子，在那个刚开始开放的边疆僻壤，引起的人们内心的骚动和穷则思变的尝试，成为后来沙湾许多大事件的温床。

1989年，货车司机们发现沙湾"上海滩"一个叫"满朋阁"的饭馆出现了一道新菜，用一只大盘盛满整只炒鸡，可以拌皮带面吃，味道比一路所有饭馆提供的炒面、拌面、丸子汤都过瘾。在当时，司机算是最牛的一群人，且不论高工资，单就沿途私自带货、倒货，外快就来得够快，钱花得仗义，大盘鸡盘大肉多，爽快淋漓，简直就是为司机们定制的一尺半阔、寸半深的盘子，红肉绿菜显山露水一个冈尖儿；"吱嘎嘎"停了车走过来的大车司机，两个人吃一整盘，加三四碗皮带面，拌进红辣浓郁的鸡汤汁里"呼啦啦"全吃光。

我的印象中，第一次吃大盘鸡也是1989年，就是在"满朋阁"，一盘要卖13块钱，吃的人却很多。店家忙不过来，客人便自己动手抬掇前一拨人留下的桌子。周边人逐渐都学着做起了大盘鸡。那时候还不兴挂大牌子，有的在门头上写"大盘鸡"3个字，有的在门前的树上随便钉一块招牌，有的就在凉棚边上直接挂一只鸡。一到中午，各家馆子门前摆着一溜八仙桌。1公里长的县城，1公里长的吃鸡队伍。店家只要听到门前有刹车声，不问是谁，先对后堂喊一声"炒鸡"。大盘鸡简直成了西部粗犷大气饮食风格的一个符号。

就这样，沙湾大盘鸡创造了一个饮食传播的奇迹，好似长了腿一般，路有多远，它便走多远。

大盘鸡以312国道为界，南北方吃法越来越大相径庭。北方，盘子在增大，肉块、面片、配菜也越发粗犷，连人们吃的劲头也愈加豪爽，济南、沈阳、呼和浩特的大盘鸡是人们最喜欢的下酒菜；到了南方，肉与菜料都精细了不说，宽宽的皮带面成了"小姐皮带"面，配菜由土豆变成了芋头、藕片。到了广州、杭州、南京，麻辣味的大盘鸡变成了甜味。

至于大盘鸡的起源地，内地人多不关心，他们习惯上称作"新疆大盘鸡"。只有一些爱刨根问底的游人，为吃上正宗味道，才一路追到沙湾，且非要寻到"鼻祖"老店才肯罢休。因为即便在新疆，各地的大盘鸡滋味也大不同。

哈密的大盘鸡比较中性，辣味平缓，各地人都能接受；南疆的更多适应了维吾尔族人的口味，辣味较轻，讲究爆炒，颜色浓重，还会有孜然的味道；北疆大盘鸡是最接近初创时麻辣刺激口味的，配菜以土豆为主，同时加入的大葱、辣椒、生姜不仅是调味品，还是重要食材。这个特点在沙湾、乌苏、奎屯一带保留较多，而在伊犁、塔城、乌鲁木齐，由于采用的辣椒往往不再是沙湾安集海的"螺丝辣子"，名字还是大盘鸡，实则就是一大盘菜。

现在新疆所有饭店的菜单上，大盘鸡都是重点推荐，但客人夹两筷子尝个新鲜，注意力就被不断上来的其他美食分散了。大盘鸡再大都是小吃，它不属于厅堂楼阁，而永远适合于公路边上远行者的快意。

青团

李晶

童年的时候,我似乎永远都饿着。仿佛,我的手里满是一把把长在春天里的甜草的蕊心,却想咽下一些挂在荷叶上的水珠;我的怀里,兜满了从秋天的高枝上摇落的野果,却又想着在嘴里含一截从冬日屋檐上垂下的冰凌。我总是痴迷于美食的细微之处。当村子里不时升起的炊烟像动情的手绢在向我招摇的时候,我知道定是谁家又在做什么好吃的了。我一直意乱情迷地让这样细碎的幸福感在我心里穿行,等着那些美食像小鱼一样游到我的面前一比如外婆的青团。

那必是一个雨天,外婆在河对岸呼唤我的母亲划船过去,她的手里是一只精致的竹篮。这条河,正是隔岸渔歌的宽度,河面平静,母亲的篙在岸边一点、水中一拨,船便到了对岸。我坐在船头,像一只小小的鸭子。

外婆的篮子里便是青团了。

青团的绿色是让人一见就会爱上的颜色,以至于我对它一往情深。这种绿色,是把山间过于浓密的绿色变得柔和了,又把水底过于清淡的绿色变得浓郁了一些。它是一种有香气又有甜味的绿色,却不是自然界本身就有的。我的外婆需要到远处的野地里去,刈来一蓬蓬的初春的艾草,细细地切碎,用葛布滤出青绿的草汁来,然后往草汁里加入一些糖精粉,再揉进嫩白的糯米粉中，团成一个个丸子，便有了青团的雏形。然后将这些丸子放到锅中，隔水慢慢地蒸了，这时，绿色的山融化了，绿色的水凝固了，仿佛整个春天都溶解在这几个小小的丸子中了。揭锅的那一瞬间，像极了漫天春风中最灵动的那一阵风，将湿润的田野中最馥郁的那一缕花香带了进来。

  春天，我们那里家家户户都做青团，而且每家每户都能做得很好。田里面的艾草多得割也割不完。我们穿着尚不肯脱下的棉衣，在田间寻找艾草，原本以为没有了，谁知向脚下一看，又有一大片。大人们经验多，他们说先回去睡一觉，第二天一早来，就又会长出许多来的，都缀满了晶莹的露珠。春天的性情在于生长，谁都不愿把自己的能量收敛起来，艾草也是。

  回到村子里，我们把新鲜的艾草交给母亲，然后跑到豆腐店老板那里去借葛布。她总是不肯借，似乎是怕腥甜的草汁玷污了她的葛布，从此做不出洁白的豆腐来。但后来，渐渐地却肯了，又嘱咐我们一定要把做好的青团带几个给她尝尝。我们满口答应，却从来不曾记得兑现诺言。第二年，老板还是愿意把葛布借给我们。我们这些孩子手里面拿着刚熟的青团，想跑到田野里去放风筝。但是我们没有风筝，杂货店的老板那里却有许多极漂亮的。我们买不起，就悄悄地把两分钱硬币上的数字"2"改成了"5"，然后就一脸正经地跑去买风筝。杂货店的老板从来不说什么，带着憨厚的笑把"5"分钱收下来。于是，我们就顺利地来到了田野上，把风筝放到天空中，抬着头看着它们渐渐远去。我们望得出神，却不知道那些风筝有没有在望着我们。我们在地上奔跑，就像风筝在天空中飞。天空一片蔚蓝，大地一片碧绿。我们从来都没有想过去分辨哪里是天空，哪里是大地。

我的外婆却极不愿意我跑到远处的田里去，她说田里那些不可一世的毒蛇已渐渐醒来了，正等着我们去，好把我们吃掉。她每年都跟我说这些，在她眼里，我其实一直都是一只容易走失而回不了家的小鸭子。但是，有一年的春天，我的外婆自己却回不了家了，她去湖边割艾草，倒在了回家的路上。我的外婆被背回家，躺在床上，不省人事，很久以后她醒了，却神志不清。

春天的雨还是不约而至，给河面戴上了一层轻纱，暧昧而朦胧。但是我的外婆已经不在对岸了，外婆的竹篮也不见了。

但是，家家户户还是坚持做青团。我的母亲早上去地里做农活，晚上就会带回一些艾草来。这些艾草上没有湿漉漉的露水，却满是凉凉的暮色，到了第二天，艾草又干瘪了一些。于是母亲改变了做法。她仍旧要滤出一些草汁来揉面团；但是她会先把面团擀扁，放入一些馅料，再包好去蒸。我们家里惯用的是素蓉，就是把笋丝、香干丝、木耳丝、金针菇、雪菜丝放到一起煮了，再包到青团里面去。别的人家有用肉馅和豆沙馅的，那样一来，绿色便显得油腻了许多，青团显然变了味道。

春天变得多么含蓄啊，它藏到了一个角落里，或者是天空的一角，或者是大地的一角，我必须要细细地咀嚼才能体味。只是我母亲再也不能对我外婆说："娘，我把青团带来了，你来尝一尝。"

乡愁黏在那碗胡辣汤上
曹延召

从武汉到北京,故乡中原是必经之地。去的时候,几根鸭脖、两杯白酒,昏昏沉沉中一觉醒来就看到了首都的朝阳,不觉间居然错过了故乡的景致。懊丧中还在想着,说不定在中原某个车站停靠的时候,兴许还能下车买上一包方便型的河南烩面或是速冲的胡辣汤,一解腹中之馋。

及至要预订返程车票的时候,实在受不住馋虫的诱惑了——郑州街头的烩面和胡辣汤,可是魂牵梦萦好多年了啊!我刚毕业那会儿,第一份工作就是在河南社科联《餐饮文化》杂志做记者。那时候,品美食、写专访,郑州那些大大小小的饭店几乎都跑遍了,有朋友要吃饭,只要说出想吃什么口味、在什么地方,我闭着眼睛都能给他推荐出好多家有特色的店来。如今,一别郑州好多年了,在北京工作的时候,顺路还能在郑州停顿一下,品品中原特色美食;到了武汉,京广铁路过河南第三站就是老家,再无缘北上,于是和郑州的美食一别就是两三年。

在直达武汉和中转郑州之间,我选择了后者。Z字头列车一站抵汉,用时不过九个多小时;而中转郑州我只买到了最后一张硬座票,一座就是九个小时!而且,我在郑州只能停留短暂的半天时间,早晨到郑,下午三点我就要踏上返汉的列车。若不是为了久违的烩面和胡辣汤,我还真就受不了这份折腾!

K179次列车在经过一夜的晃悠之后,终于在清晨七点停靠在郑州。

我拖着大大小小四件行李出站的时候，适逢大雨倾盆——哎，还是故乡盛情啊，刚下车，就为我接风洗尘！在车站存好了行李，直奔紫荆山路和顺河路交叉口的方中山。这家店算是后起之秀，我在郑州的时候，它的名气还不大，要说吃烩面肯定要去萧记、合记，很多郑州人都是吃着"老三记"长大的，属于老字号。而胡辣汤最正宗的当属西华县的逍遥镇和舞阳县的北舞渡镇，历史上都曾是沙澧河上的重镇要埠，胡辣汤文化也是源远流长。胡辣汤是后来流入郑州的，所以，在郑州谈不上哪家的胡辣汤最正宗。

汽车才过顺河路口，就远远地看到了排着长队的人群，那阵势甚是壮观。据说最壮观的时候还不止这样，若不是赶上今天下暴雨，估计门口就都被蹲着喝胡辣汤的人挤满了。更为夸张的是，早上八九点钟的顺河路，经常被来喝胡辣汤的车辆堵得水泄不通，一度成为郑州交通的"重灾区"。这并非无稽之谈，是我曾亲眼看到过的。

站在紫荆山路上，拍了几张外景，就迫不及待地加入到长长的队伍中，等待着购票。到了近前才知道，原本寻常的胡辣汤在这里也分成了好几种，优质的、营养的等等，价格从五元到十元不等，据说还有百元的。昔日哪里有这么多的细分啊？管你是尘土满身的农民、工人，还是西装革履的官员、老板，无论你是谁，只要来这里喝汤，就得挤到脏乱低矮的小平房里，哪里像今天这样，还特意在二楼设立接待专用的包间？那时候，喝到酣畅处，还有谁来讲求什么形象，领带一扯，衬衣一脱，光着膀子就上阵了。一顿饕餮，抹抹身上和嘴边的汗水，套上衬衣钻进小车，继续人模狗样地生活着。

我要了一碗最为寻常的优质胡辣汤，一方面故地重游，为了再品一品那熟悉的味道；另一方面这个种类也是人气最旺、最贴近百姓的。不信你看，这个窗口前长长的队伍都要排到顺河路上了。尽管还在飘雨，可没有见谁手里撑着雨伞，因为那队伍行进的速度着实快，看那掌勺师傅娴熟的手法哪里是在打汤，那分明就是一场别开生面的舞蹈！一袭白衣的师傅站定在大铁盆前，手里攥着一把木勺，先深深探进暗红色的汤里，来回使劲地搅几下，然后一勺热汤腾空而起，复又像岩浆般从高处而下，应声落入碗中，盈盈满满一碗，却又丝毫不洒不溢。整个动作恍若行云流水一蹴而就，中原人的豪爽气魄在此彰显无遗。以至于我禁不住地想，若是放在其他的岗位上，这位师傅定是一位争创优先的楷模。

  古色古香的托盘早已是斑驳陆离，看不出它的本色，连盛汤的瓷碗也满是豁口，但这丝毫不影响我喝胡辣汤的兴致。氤氲的雾气里，那暗红色的汤汁犹如岩浆般还在轻轻翻滚着、升腾着，那沁人心脾的鲜香不由分说地就冲进了鼻腔，势如破竹般通五脏、过六腑，让我再也顾不得烫嘴的危险，一勺热汤就进了肚子。陈醋的馥郁、麻油的芬芳、牛肉的韧劲、木耳的爽脆、面筋的绵软以及汤汁本身的麻辣，一勺入口，那个光、那个滑、那个润、那个麻、那个辣、那个香，喉咙简直就是得到了久旱逢甘霖般的滋润，一股暖流随着胡辣汤的进肚，霎时就传遍全身，额头后背已是热汗涔涔，而全身的汗孔犹如吃了人参果，没有一个不畅快，再咬上一口酥脆金黄的葱花油饼，那感觉，怎一个"爽"字了得？

  听着熟悉的乡音，品着似曾相识的味道，这样的场景能有几回？离开了故乡，对家乡的记忆除了留在心灵上的一份浓浓的乡情外，再就是曾留在舌尖上那份挥之不去的对家乡美味的怀恋了。如今，脚踏故土，情思万千，所有的故乡情全浓缩在这一碗五味杂陈的胡辣汤里了。或许多年之后，不管人在哪里，离家有多远，只要一脚踏上中原大地，我还是会迫不及待地找一家胡辣汤店，坐在不那么干净的桌子前，用标准的河南话扯上一嗓子："老师儿，来碗两掺儿，半拉油饼。"

蛋炒饭的学问

王宣一

记得张大春的小说《我妹妹》中，有一段提到主角的妹妹有一天心血来潮，拿了摄像机要把她奶奶的厨艺记录下来。她一边拍，一边问奶奶："做这菜要用多少材料啊？"奶奶说："人多就多放点，人少就少放点。"

我觉得奶奶回答得真好。在我们那个年代，谁做菜是去专门学的？都是看着前辈怎么做，再照着做，在不知不觉中就学会了。烧菜煮饭不都是这样吗？哪有菜谱这回事？

英国美食作家伊丽莎白·戴维谈到煎蛋卷时说过一句话，我觉得一语中的。她说："人人都知道，只有一种方法可以煎出完美的蛋卷，就是自己的那一种。"

通常一道成功的菜肴，可以按照菜谱或烹饪专家的建议去做，但是关于细节和口味这种事，很难有一个统一的标准。伊丽莎白·戴维的观点，用中国人做蛋炒饭时的情形解释，也许更加生动、明确。

这种在普通中国家庭中最常见的食物，要讲究起来，学问可大了。身为历史学家和美食家的逯耀东先生就最喜欢谈论蛋炒饭。他写过很多关于蛋炒饭的文章，认为要鉴定某位厨师的厨艺如何，先吃吃他做的蛋炒饭再说。蛋炒饭不只是家里没有准备正餐时的替代食品，要将一盘饭炒得色、香、味俱全，一定是要下功夫、花力气的。

说到蛋炒饭，有人做蛋炒饭时喜欢先炒蛋再下饭，如此吃起来蛋的香味更浓郁；但是另有一派是先炒饭，再倒入蛋液，使每一粒饭都可以被蛋汁包裹起来。不仅如此，蛋液是先打散再倒，还是不打散直接倒到锅里，又有许多派系之争。把蛋液打散后再倒下去，每粒饭炒出来的颜色是相同而且均匀的；不打散就直接将蛋液倒下去，被蛋白和蛋黄包裹的饭粒有些是白的、有些是黄的，颜色看起来更缤纷多彩一些。选择用什么样的米饭来做蛋炒饭，有一派是"冷饭派"，有一派是"热饭派"。当然所用的饭要煮到什么程度，各自的讲究又不相同。所以说，最好吃的蛋炒饭，一定是自己坚持和习惯的那一种。

就像在城市的餐厅里，我最不喜欢吃的就是咖啡店内出售的商业午餐。所谓商业午餐，基本上都是以两三样家常小菜，配上一碗汤或一杯水果饮料。一般咖啡店内的厨房，不太用大火大油做菜。所以，不论是和正式的餐厅还是路边摊比，咖啡店在先天上就存在厨具不够齐备的缺陷。以家庭主妇的立场而言，外出吃饭，总想吃些好吃的或在家里吃不到的，但是对长期在外面吃饭的人来说，可能最想吃的是现炒的新鲜菜肴。他们中午若有机会不吃便当，走到咖啡店里吃几道小菜，一定觉得最幸福。所以什么才是好吃的东西，时间、地点、心情都是影响因素，做法和材料很多时候反倒不那么重要。

而且不论讲究与否，做菜的很多细节是无法在菜谱上表述的。简单地说，做一道菜时，面对的食材的成分、数量每次都是不同的，即使照着菜谱做出来，味道也不一定一样。毕竟，鸡不是同一只鸡，鱼也不是同一条鱼。肉质或大小不一，在拿捏火候时自然就不同。难怪据说有些大餐馆里蒸鱼的师傅，每天就盯着那几条鱼，薪水却比总经理还高，这功夫可不是菜谱上能说得清楚的。

蒸鱼如此,煮鸡如此,煎蛋卷如此,炒蛋炒饭也如此。做菜是一门艺术,功力实在不是背一本菜谱就可以得到的。基本上会做菜的人,很多菜肴即使没有做过,尝几口也能知其一二。这种功力也是一种素养,他们对食材必须十分了解,才能知道什么样的材料在加工后会有什么样的变化。日本有一档电视节目叫《电视冠军》,往往在一场厨艺大赛中,要决定谁的厨艺好,会请参赛者到没有约定好的寻常人家的厨房,请他们以现有的食材、家常的烹饪器具,做出法国料理或意大利料理。这时就要看那位主厨对食材是不是了解——什么样的东西经过哪些处理方法,会有不同的滋味和口感——那些参赛者往往都不会令我们失望。

我有时候觉得做菜和开车一样,很多人都会。但是有人每天做菜,却始终做不好;有人开了一辈子车,车子开得就是不够帅。我对某些大厨总说什么菜肴加了什么秘方不能公开的做法,嗤之以鼻。做菜的秘方在于手顺,手感对了,自然做得出色。说是配料有秘方,不如说做菜有诀窍,有什么不能公开的秘方啊!如果拿了秘方,就能做得一模一样,那有什么了不起的?

一道美食不只是需要配方,师傅的手艺才是关键。像做蛋炒饭,需要什么特殊的材料吗?但每家馆子和饭店都炒得出香喷喷的蛋炒饭吗?我相信有些诀窍,真的不是大厨藏私,实在是很难传授。做出一道好吃的菜肴,厨师的功力占了大半,尤其是现代人,忙了一天,大部分不愿再花心思做上一道菜,若能草草达到果腹的目的就罢了,哪里还用得到什么秘方呢?秘方就是花力气去做,不花力气,寻找再多的秘方也没有用。

煮饭做菜,先了解材料的属性,自然就能运用自如。发现自己喜欢的那种蛋卷,就是找到了你的秘方。

唱歌鸭肠

曾　颖

鸭肠是我自幼就喜欢的美食。那时候，我奶奶在食品公司下辖的板鸭店打零工，经常能捡回一些别人不要的鸭肠。奶奶用剪刀将它们剖开，然后用盐和小苏打把它们搓洗得白白净净。我一直不明白，为什么鸭肠这么好吃，却总能白捡到？其实答案很简单，因为剖洗鸭肠是一件既脏且臭而且如果不得法就永远清理不干净的烦琐之事。而任何鸭肠，只要经过我奶奶的手，都会变得清爽干净，色泽诱人。

洗好的鸭肠切成寸段，加酸姜、酸辣椒和蒜瓣，入油锅滚炒。鸭肠在满是烈火的锅里翻卷奔腾，成一截截好看的卷筒，再佐以大葱段，然后起锅，既香且脆，不论是一盘还是一盆，通常渣也不会剩。

但今天这个故事，不是讲奶奶做的鸭肠，而是讲一个可爱又有趣的年轻厨师。那是2010年至2012年间，我当时的办公地点在成都市红星路。公司附近有条小街，小街上既有小饭馆又有小茶馆，我们平时的午饭和饭后的短暂午休时间，大多在这条小街上消磨掉。而那位小师傅，也就是在这里认识的。

他所在的那家小饭馆是一家典型的"苍蝇馆"，两间门面，一间是操作间，门口摆着两排保温桶，装着土豆烧排骨、大蒜烧肥肠、雪豆炖猪蹄花之类的现成菜，作为揽客的招牌。保温桶背后满是油烟的玻璃笼子里，挂着油汪汪的鸭子和香肠、卤肉之类。而这些只是舞台的前景,它们烘托的却是以灶为中心的舞台,厨师们赤膊穿着围裙,炒得热火朝天。成都人有句口头禅:"真正的好川菜,只有'苍蝇馆'还有!"以我在成都生活近20年的经验来看,是认同的。

我们第一次从小师傅的店经过时,并没打算进去。当我和几位"饭友"从小店经过时,听到从灶前传来一阵欢快的歌声。循声望去,只见一个帅气的年轻人,一面在锅里快速翻炒着,一面唱着歌,中途节奏变换时,还顺势将左手的锅扬起,让锅里的菜做一次短暂的飞行。锅里飞起的菜,正是炒鸭肠,红色的泡椒、白色的蒜、黄色的酸姜、绿色的葱,正围在卷成筒的鸭肠周围,欢快地跳舞呢!

平时,我在外面是绝不点鸭肠的。原因之一,是怕他们洗不干净;原因二,则是担心他们炒不出奶奶炒的那个味儿。奶奶的炒法我也学了个八九不离十。我自信他们不会比我炒得好。

但此时,我却突然很想点一份那位小师傅炒的鸭肠,因为我觉得,能够欢快地唱着歌劳作的人所做出来的东西是值得信赖的。这个观念来自于一位瑞士钟表匠,他认为金字塔不是由奴隶修的,而是一群能从劳动中体会到创造乐趣的自由民修成的,因为那么庞大的工程,能修得那么精密细致,绝非满含痛苦和恨意的人能够完成。

基于这个原因,我相信这家能够让厨师唱着歌工作的小餐馆的老板不是刻薄之徒,用菜、用料不会太克扣,墩子不会满怀情绪乱切,服务员也不会心怀不满往菜里吐口水找心理平衡。

我们改变了计划,将原本打算吃的红油鸡改成了火爆鸭肠。菜不出我预料的乖巧和精致:小笼蒸肥肠软硬合适,青椒炒回锅肉香腻适中,豆花牛柳爽滑可口,连免费送的泡莲白都酸咸冰脆,恰到好处。而此餐的主角鸭肠，更是让我尝到了久违了的童年美味，跟奶奶做的一样，我们吃得连渣都不剩。这家小店渐渐成为我们的食堂，而这份百吃不厌的鸭肠，也被我与同事们心照不宣地命名为"唱歌鸭肠"。

　　之后的大半年，随着吃饭次数的增多，我们与老板和小师傅熟络起来，偶尔开玩笑说，"小师傅的手艺，就是去大饭馆也吃得到票子"。每当这时，老板都会面露尴尬，而小师傅则含羞不语。

　　一次加班，我又去小店吃饭，老板不在，小师傅照例给我炒了一份鸭肠，煮一碗豆尖汤，开一瓶冰镇啤酒，然后坐到我旁边，小声说想求我一件事。我以为他是被我们说动心了，想跳槽。谁知他求我的却是请我们今后不要再夸他可以在别处挣大钱了，那样会伤老板的心。当初他从乡下来，一直没找到工作，最绝望的时候，都准备去飞车夺包了，而就在那个时候，老板收留了他，还教他炒菜。现在，小餐馆的利润有三分之一归他，他感到很知足，也很开心。他说话的表情认真得令人肃然起敬。

　　之后不久，小店因街区总体改造，突然而迅猛地消失了。之后很长一段时间，我逛街，每碰到"苍蝇馆"时，都会伸长耳朵，冲着厨房听。但我再也没有听到过那伴随着炒鸭肠飞扬的歌声。

南北稀粥味

张抗抗

稀粥在中国，源远流长。可惜我辈才疏学浅，暂无从考证稀粥的历史，我只能从自己喝粥的经历中，体察稀粥历经岁月沧桑、朝代更迭而始终长盛不衰的种种魅力，甚至可以毫不夸张地说，稀粥对于许多中国人来说如生命之源泉，一锅一勺一点一滴，从中生长出精血气力和聪明才智，还有顺便喝出来的许多积习。

少年时代我生活在杭州，江浙地方的人爱吃泡饭。所谓泡饭，其实最简单不过，就是把吃剩的大米饭搅松，然后加水烧开即是泡饭。泡饭里有锅底的饭锅巴，所以吃起来很香，一般用来做早餐或是夏季的晚饭。如果佐以酱瓜、腐乳和油炸蚕豆瓣，再有几块油煎咸带鱼，就是普通人家价廉物美的享受了。对于江南一带的人来说，泡饭也就是稀饭，家家离不开泡饭，与北方人爱喝稀粥的习惯并无二致。

我的外婆住在杭嘉湖平原的一个小镇上，那是江南腹地旱涝保收的鱼米之乡，所以，外婆家爱喝白米粥，而且煮粥必用粳米。用粳米烧的粥又黏又稠，开了锅，厨房里便雾气蒙蒙地飘起阵阵甜丝丝的粥香，听着灶上锅里白米"咕嘟咕嘟"翻滚的声音，像是听人唱歌一样。熄火后的粥是不能马上就喝的，稍稍地焖上一会儿，待粥锅四边翘起了一圈薄薄的白膜，粥面上结成一层白亮白亮的薄壳，粥米已变得极其柔软几乎融化时,粥才成为粥。那样的白米粥清爽可口,就像是白芍药加百合再加莲子熬出来的汁。趁温热喝下去,五脏六腑似乎都被清洗了一遍。

我母亲在这样一个美好的白米粥的环境下长大,自然是极爱喝粥甚至是嗜粥如命。她平日每餐只不过吃一小碗米饭,但喝起粥来却能一口气喝上三大碗。只要外婆一来杭州小住,往日的杭式方便快餐——泡饭,就立即被外婆改换成白米粥。外婆每天很早就起床烧粥,烧好了粥再去买菜;下午早早地就开始烧粥,烧好了粥再去烧菜。于是,我们家早也喝粥,晚也喝粥,而且总是见锅见底。南方人喝粥就是喝粥,不像北方人那样,还就着馒头或烙饼什么的,因此喝粥就有些单调。粥对于我来说,多半出于家传的习惯,自然是别无选择。那个时候,想必稀粥尚未成为我生活的某种需要,所以偶尔也抱怨早上喝粥肚子容易饿,晚上喝粥总要起夜。而每当我对喝粥稍有不满时,外婆就皱着眉头,用筷子轻轻敲着碗边说:"小孩子真是不懂事,早十几年,一户人家吃三年粥,就可以买上一亩田呢,你外公家的房产地产,还不是这样省吃俭用挣下来的……"

于是我就从粥碗上抬起头,疑惑地看着外婆。外婆喝粥有一个奇怪的习惯,她喝饱了以后放下筷子,一定要用舌头把粘在粥碗四边的粥汤舔干净,这时才算是真正喝完了粥。我想外婆并不是穷人,她这样喝粥的样子可不太好看。那么外公家的产业真是这样喝粥喝出来的吗?人如果一辈子都喝粥,是不是就会很富有了呢?看来粥真是一种奇妙的东西。然而,外婆的白米粥却和我少女时代的梦一同留在了江南。

当我在寒冷的北大荒原野上啃着冻窝头、掰着黑面馒头时,我开始思念起外婆的白米粥。白米粥在东北称做"大米粥",连队的食堂偶尔才炮制一回,通常是作为"病号饭",必须经过分场大夫和连首长的批准,才能得此优待。有顽皮的男生千方百计把自己的体温弄得"高烧"了,被批下条子来，就为骗一碗大米粥喝，这是相互间公开的秘密。后来我有了一个小家，便在后院的菜园子里种了一些豌豆。豌豆成熟时，剥出一粒粒翡翠般的新鲜豆子，再向农场的老职工讨些大米，熬上一锅粥，待粥快熟时把豌豆掺进去，加上一点白糖，便成了江南一带著名的豌豆糖粥，一时馋倒连队的杭州老乡，纷纷如蝗虫般涌入我的茅屋，一锅粥顿时告罄。豌豆糖粥是关于粥的记忆中比较幸福的一回。在当时年年吃"返销粮"的北大荒，大米粥毕竟不可多得，南方人的"大米情结"，不得不在窝窝头、苞米面、发糕和小米饭之间渐渐淡忘或暂时压抑。在万般无奈中却慢慢发现，所有以粗粮制作的主食里，唯有粥还是可以接受并且较为容易适应的——这就是大查子粥的口感与大米粥很不相同，它的碎粒饱满又实沉，咬下去富有弹性和韧劲，嚼起来挺过瘾。大楂子粥和小米粥。

最初弄懂"大楂子"这三个字，很费了一番口舌。后来才知道，所谓大楂子，其实就是把玉米粒轧成绿豆大小的碎粒，将其放入锅里并添上水，急火煮开锅后便改为文火熬，熬的时间越长，碎粒就熬得越烂，吃起来就越香。等到粥香四溢，开锅揭盖，眼前金光灿烂，盛在碗里，如捧着个金碗，很新奇也很庄严。

大楂子粥散发着秋天田野上成熟的庄稼的气息，洋溢着北方汉子的粗犷和力量。

煮大楂子粥最关键的是，必须在玉米碎粒下锅的同时，放上一种长粒的饭豆。那种豆子有紫色、粉色、白色……五彩的豆子在锅里微微胀裂，沉浮在金色的粥汤里，如玉盘上镶嵌的宝石……

小米粥比大楂子粥喝起来口感要细腻些，且有极高的营养价值，又容易被人体吸收，所以，北方妇女以其作为生小孩坐月子和哺乳期的最佳食品。我在北大荒农场的土炕上生孩子时，就有农场职工的家属送来一袋小米，靠着这袋小米，我度过了那段艰难的日子。那时，几乎每天每餐我喝的都是小米粥。在挂满白霜的土屋里，冰凉的手捧起一碗黄澄澄冒着热气的小米粥，我觉得自己还有足够的力量活下去。热粥一滴滴温热了我的身体，烤干了我的眼泪，暖透了我的心，我不再害怕不再畏惧。我第一次发现，原来稀粥远非仅仅具有外婆赋予它的功能，它可以承载人生，可以疏导痛苦，甚至可以影响一个人的命运。

也许正是从那个时候开始，我摒弃了远方白米粥的梦想，进入了一个实实在在的小米粥的情境。我无可依傍，唯有依傍来自大地的慰藉，我用纯洁的白色换回了收获季节遍地的金黄。至今我依然崇敬小米粥，很多年前它就化做了我闯荡世界的精气。

然而，白色和金色的粥，并未穷尽我关于稀粥的故事。喝小米粥的日子过去很多年以后，我和父母去广东老家探亲，在广州小住几日，稀粥竟以五彩斑斓的颜色和别具风味的种类，呈现在我的面前。街头巷尾到处都有粥摊或粥挑子，燃得旺旺的炉火上，熬得稀烂的粥汤正"咕嘟咕嘟"地冒泡，一边摆放的碗里有新鲜的生鱼片、生鸡片或生肉片等，任顾客自己挑选。顾客确定了某一种，摊主便从锅里舀起一勺滚烫的粥，对着碗里的生鱼片浇下去，借着稀粥的热量，生鱼片很快被烫熟，再加少许精盐、胡椒粉和味精，用筷子翻动搅拌一会，一碗美味的鱼生粥就炮制而成。

鱼生粥其味鲜美无比。粥米入口即化，回味无穷；鱼片鲜嫩可口，滑而不腻。一碗粥喝下去，周身通达舒畅，与世无争，别无他求。我在广州吃过烧鹅、乳猪和蛇羹等，却惟独忘不了这鱼生粥。

从新会老家回到广州，因为等机票，全家三人住在父亲的亲戚家中。

那家有个比我小几岁的姑娘名叫阿嫦,她每天晚上临睡前,都要煲粥,作为我们第二天的早餐。她有一只陶罐,把淘好的米放在罐子里,加上适量的水,再把罐子放在封好底火的炉子上,便放心地去睡。据说后半夜炉火渐渐复燃,粥罐里的米自然就被熬个透烂。早晨起床,只需将准备好的青菜碎丁、切碎的松花蛋、海米丁和少量肉末一起放入罐内,再加上一些作料——真正具有广东地方特色的粥就煲好了。

阿嫦的早粥内容丰富,色泽鲜艳——绿的菜叶、红的肉丁、黑褐色带花纹的松花蛋和金黄色的海米,衬以米粒雪白的底色,真像是一幅五彩斑斓的绘画,而且味道清香爽口,让人喝了一碗还想再喝,每天早晨都喝得肚子溜圆才肯作罢。广东之行使我大开稀粥眼界,从此由白而黄的稀粥"初级阶段"跃入五彩缤纷的"中级阶段",稀粥的功能也从一般聊以糊口、解决温饱的实用性,开始迈向审美、欣赏以及精神享受的"高度"。那时再重读《红楼梦》,才确信有五千年文明史的中华民族,原来真有悠久的粥文化。

此后便尝试喝八宝莲子粥、红枣紫米粥、腊八粥……喝在这块土地上所能喝到的或精致或粗糙或富丽或简朴的各式各样的粥。在湖南娄底的涟源钢铁厂食堂,就喝到一种据说是"舂"出来的米粥,粥似糊状,但极有韧性,糊而不散,稠而光洁,闻其香甜,便知其本色。

有几位外国朋友闻粥色变,发表意见说:"为人一世,最不喜欢吃的就是稀粥,永远不能理解中国人对于粥的爱好。"

我想我们并非是天生就爱喝粥的,如果有人探究粥的渊源、粥的延伸、粥的本质,也许只有一个简单的原因,那就是贫穷。粮食的匮乏加之人口众多,结果就产生了稀粥这种颇具中国特色的食物,覆盖了大江南北几百万平方公里的土地,一喝几千年。

如今我们已不会因为粮食不够吃而喝粥，也不会因为没有钱买粮而喝粥，我们喝粥是因为祖先遗传的粥的基因。粥的基因是否同人体血脂的黏液质形成有关？为什么一个喝粥的民族就有些如同稀粥一般黏黏糊糊、汤汤水水的脾性？以此为缺口，研究生命科学的学者们便会取得重大突破也说不定。

可作为主妇的我，如今却很少熬粥。我们家不熬粥的原因很简单，我想许多家庭逐渐淡化了粥，也是出于同一个原因：没有时间。粥是贫穷的产物，也是时间的产物。粮食和资金勉强具备，但如果不具备时间，同样也喝不成粥。我们的早餐早已代之以面包和牛奶，晚餐有面条，还有偷工减料的食粥奥秘——回归泡饭。

所以，如今一旦喝粥便喝得郑重其事，喝得不同凡响：要提前筛好小米配上黑米，再加点红枣和莲子，像是一个隆重的仪式。听说现在市场上已经推出一种速食的粥米，那么再过些日子，连这种仪式也成了一个象征。当时间的压力更多地降临的时候，稀粥是否终会爱莫能助地渐渐远去？我似乎觉得，下一代人对稀粥已没有那么深厚的感情和浓烈的兴趣了，你若问孩子："晚饭想喝粥吗？"他准保回答："随便。"

仔细想想孩子的话，你突然觉得所有这些关于稀粥的话题，其实都是无事生非。

一粥一饭，当思来之不易

陈晓卿

在这里，我想和大家分享三个小故事。

第一个故事是关于主食的。前些天，烹饪大师段誉给我做了他家乡河南的一种蒸菜，叫蒸槐花——槐花的花蕾，裹上面粉之后放在锅里蒸，蒸好后浇上蒜汁。我小时候，每年春天都能吃到这种东西。中国的很多美食都是有碳水化合物参与的，甚至很多被我们称作主食的东西都可以被加工成辅料，比方说红薯可以变成粉丝、烙饼可以变成炒饼。中国人在处理主食的时候可以说是用尽了心思。

在农耕文明的漫长历史进程中，有限的土地与不断增长的人口之间的矛盾不断加剧，这让中国人对主食特别尊重。中餐和西餐无论在世界观还是方法论上都难以沟通，也是出于这个原因。在西餐的菜单上，我们可以看到头盘、主菜、甜品；而在中餐的菜单上，我们看到的是主食、炒菜、汤。宴会就更是这样，在西餐宴会上所有的饮食是围绕着主菜展开的，而中餐宴会上每一道菜的评判标准只有一个——是否下饭。甚至可以说，下不下饭是衡量每一个中国"煮夫""煮妇"做菜做得好不好的最重要的标准。所以我们说，民以食为天，民以主食为天。从这个意义上来说，珍惜粮食、不浪费，是绝大多数中国人与生俱来的一种特性。

第二个故事要讲因节俭而产生的美食。有一种特别普通的蔬菜，古称蕹，我们现在叫它空心菜。这是一种生长期极短、价格低廉却营养丰富的蔬菜，无论怎样烹制——炝炒、凉拌，都非常美味。一般的南方人家都喜欢做这道菜，而有些心思细腻的主妇会先把空心菜的叶子掐下来烹炒食用，再将空心菜的秆放在阴凉通风处。几天之后，秆发生了变化，从口感上说，它已经从清脆变成脆韧，将它和豆豉或者辣椒一起炒非常好吃。

大前年，扬州的一个组织，想申请"最大份炒饭"的吉尼斯世界纪录。他们做了四吨炒饭，后来因为保存不善，只好拿来喂猪或直接倒掉，纪录也被取消了。炒饭是一种家庭食物，它恰恰是中国人对剩饭的一种利用。在中国，无论是家庭主妇还是餐厅大厨，没有用新蒸的米饭去做炒饭的，要用隔夜的米饭。隔夜之后，米粒的外表紧缩、脱水，更加富有弹性，特别容易裹蘸料汁，这才是最好的美味。

其实不仅仅是炒饭，中国人在利用剩菜剩饭上花费了非常多的心思。比方说鱼类吃不完，用盐将它腌制成咸鱼，或者做成鱼酱；肉类吃不完，我们会将它做成腊肠，或者火腿；有些东西已经腐败了、臭了还舍不得扔，进而我们发现它生成了大量蛋白质，就像我故乡安徽的臭鳜鱼。

随着时光的流逝，这些因节俭而诞生的美食成了解密"舌尖上的中国"的重要密码。

第三个故事我要讲自己家里的事。我小时候生活在一个物资并不丰富的年代，那时逢年过节才能见到鸡鸭鱼肉。每次吃鱼，总是我和妹妹吃鱼肉，父亲吃鱼尾巴，母亲吃鱼头。后来时代变了，我们也长大了。现在，有的鱼头甚至卖得比鱼肉还贵。有一次家里聚会，我说了一句话把我母亲说伤心了。我说："哎呀，以前你总霸占着鱼头不放，我们现在才知道鱼头这么好吃。"母亲伤心是有理由的，因为在当时，鱼头不是什么好吃食，鱼肉才是有营养的好东西。在我们的家庭饮食里，有很多下脚料完全是因为加上了充满爱心的烹饪，才让一个家庭在清贫中维系着温暖的幸福感。

很多简单的食材在中国厨师手中因饱含爱意而化腐朽为神奇，其中最典型的是动物的内脏。我常说，日本有花道、茶道，我们有"下水道"——动物下水。我们能把它们做成许多种美食，比方说红烧大肠、夫妻肺片。更有极致的，四川火锅几乎就是一个下水火锅：四川人不厌其烦地把牛的主动脉血管里那些咬不动的膜一层一层地撕掉，做成特别美味的黄喉；把牛的瓣胃反复地清洗，切成巴掌大的能够蘸满火锅所有香料的毛肚。我觉得，这些都是特别有中国意境的美味。

美食由三个因素组成，食材、工艺和人。其中最重要的是人，所以我经常说，人世间最好吃的是人情，最好的美味是人和人之间的爱和亲情。

现在，饥饿的年代已经离我们远去，但在地球人口仍在不断增加、环境日益变得脆弱的今日，我们更应该珍惜每一份食物，要学会知足、学会感恩。就像那句老话说的：但求方寸地，留与子孙耕。

拍黄瓜简史
黑 麦

每天凌晨3点,大洋路市场的黄瓜道(市场内道路名称)都聚集着数十辆装满黄瓜的卡车,黄瓜与西红柿、萝卜一样,是大批餐饮场所的主要消费食材。这样的场景在新发地、大红门等批发市场也屡见不鲜。每当看到这样的盛景,便知道夏天到了。整箱嫩绿的黄瓜,等待着被厨师采买、装车,接下来,它们中的大多数,会被送往后厨,接受凉菜间的"洗礼"。

"拍黄瓜"这道凉菜因其粗暴的做法而得名,做法极简单,即便刚入行的凉菜厨师,也能在一分钟内轻松完成此菜品。但拍黄瓜也是一道做法标准不一的凉菜,随便走进几家小饭馆,便会吃到形味各异的拍黄瓜。它也是一道堂食点单率颇高的菜,在众多小饭馆中能跻身前十,与如今极为常见且标准化的宫保鸡丁、鱼香肉丝等炒菜并列。

这道凉菜的销售业绩很高,却常常不被重视。在网评菜品的页面上,也极少被人提起,更别说为此动笔写出上百字评论了。多数人点它,无非是为了开胃和清口,在外卖平台上,较少的销售量似乎也印证了它被边缘化的名声。

在我家楼下的兰州饭馆里,拍黄瓜只卖8块钱一盘,香油和熟芝麻的覆盖,让这道菜别具风味。根据厨师李师傅的回忆,他学厨艺的烹饪学校的老师，只用了 10 分钟的时间便讲完了 3 道北方凉菜的做法，分别是花生拌芹菜、糖拌西红柿和拍黄瓜。那位老师的教学态度很明显地表现出他对这几道凉菜的不屑。李师傅说，学校更重视宫保鸡丁、大盘鸡这种大众菜，还组织过几轮考试，认为只有这种经典菜品，才能表现出烹饪的精髓。

但也正是因为这种轻视，拍黄瓜削不削皮，有没有香菜，滴几滴香油，拌不拌蒜末，带不带花生，放白糖还是白醋，都从未被正式定义。或许也是因为脱离了教学体系，这盘凉菜才显得生动有趣、各显神通。

拍，是黄瓜的主要做法，北方市面上的黄瓜大多命运如此。黄瓜皮清香有韧性，中间的籽无味却饱含瓜汁。这道菜的口感，完全取决于师傅的刀工，是切是拍，拍成什么样，皮和籽的去留，关乎每一口黄瓜的升级效果。似乎每个凉菜厨师对于拍黄瓜都有自己独到的想法。我吃到过最为可口的拍黄瓜，是在牛街的一家爆肚店里，隔着透明的玻璃，只见那厨师手起刀落，啪啪两声将黄瓜"击昏"，再切成小片，使每块瓜片上都留有裂痕，随后轻巧地依次淋上麻酱和醋，再撒花生碎，端给我时，瓮声瓮气地说了句"自己拌"。老板说他这做黄瓜的手法，是从一位天津师傅那里学来的。一筷子吃下去不难发现，"降维打击"确实能让黄瓜吸收更多的酱汁。

蓉城小馆的刘师傅认为，蓑衣黄瓜是拍黄瓜的前身。20 世纪 90 年代初，他刚进入北京后厨，惊讶地发现麻酱配蔬菜长时间占据着京津冀一带的凉菜榜榜首，那时候的他，真的想回到乐山老家继续包抄手。网传的蓑衣黄瓜是一道传统名菜，制作原料有黄瓜、白芝麻、麻香油、味精等。它属于鲁菜，但具体发源于山东还是北京、河北，无从考证。据说蓑衣的切法源于宫廷，为的是给盘中的炖肉配搭出好看的纹样。久而久之，学了些皮毛的师傅就把这切瓜手艺带到了民间。刘师傅说，20世纪90年代中期，随着越来越多的川厨抵京，心有灵犀的他们，同心协力地抛弃了菜单上所有的芝麻酱型菜品，用辣椒油或麻油，替代了那糊嘴的口感。

好吃的蓑衣黄瓜讲究刀工，片片相连，遇筷则断，更为重要的是，"蓑衣"的错落也让黄瓜包裹上尽可能多的酱汁。如今在一些老字号餐厅里，菜单上的蓑衣黄瓜是彰显饭馆历史的有力证据，特别是在牛肉面馆以及专吃内脏的"苍蝇馆子"里，这道凉菜仍旧延续着芝麻酱或是芥末油的势力。20元以上的单盘售价，完胜一盘拍黄瓜，由此可见这刀工的价值。

北方人吃黄瓜粗放，洗净直接吃是常态。在解晓东20世纪90年代拍摄的MV里，路学长的电影《拉卡是条狗》里，都会看到男子生吃黄瓜的镜头。这是一种接地气的市民姿态，也是一种对黄瓜的偏爱。不仅如此，在山东和东北地区，黄瓜蘸酱早已是一道家常名菜。

很多厨师认为，拍黄瓜是随着大批白领一同涌现的。早已退出餐饮江湖的老曾说，自己很早就开始给国贸的小白领们开小灶，那时候"小王府"还没搬家，国贸周边挤满了没有营业执照的小店，他的饭馆没有名字，却生意兴隆。当时的外企员工，点三两个小炒，吃得特别开心。后来他发现，拍黄瓜的利润很高，一方面备菜简单，另一方面出菜没有标准，且节省时间。他眼睁睁地看着这些拿高薪的孩子，从挽着袖子狼吞虎咽地吃熘肝尖、拍黄瓜，一直混到穿名牌套装、背奢侈名包飞黄腾达，往后，老曾再没见过这些人的踪影，随后自己也关张退休了。在他的印象中，"苍蝇馆子"里总是充斥着一股夹杂着油烟的黄瓜味，那是一抹特别的清香，就着凉啤酒，带给人一种北方的豪爽。

或许是为了适应今天的繁忙生活，"简约不简单"的拍黄瓜，也流行于中国南方，甚至海外。在几年前的《纽约时报》上就出现过一篇关于"smashedcucumber"（碎黄瓜）的报道。传闻，拍黄瓜随着陕西小吃一起登陆欧美和大洋洲，由于它更接近西方的沙拉，因此成为第一批被海外接受的菜品。或许是不满足于黄瓜的中餐味道，在某一段时间的"美食油管"（FoodTube）上，黄瓜沙拉突然成为一种爽口、清新的热门菜品，酸奶油、奶油、奶酪甚至油醋汁都可以成为黄瓜的伴侣。即便如此，"美食油管"的首席厨师杰米·奥利弗还是会在其中加入一勺麻油，只为那一抹浓郁的亚洲风味。

黄瓜，原产于印度，是蔬菜中较为古老的品种。如今，能够走进世界各国的餐盘，也是这一食材的胜利。

一树樱桃带雨红

钟 穗

每到仲春时节,我总要去苏州住上几天。闲时在古城的小巷中散散步,听着那随风飘来的吴侬软语,心里也逐渐地平静下来。当然,吸引我的,除了这里的吴风雅韵,更有这恰逢时节的姑苏美食。

苏州历来是出珍馐的地方。一如精致玲珑的苏州园林,苏州人将小、精、巧的文化心态,在饮食领域也发挥得淋漓尽致。同样一块五花肉,夏天要做成糟白切肉或粉蒸肉,秋天则是扣肉或走油肉,冬季为酱方或蜜汁火方,而到了春天,那道带着春意的樱桃肉就要登场了。

红烧肉在中国的历史源远流长,各地的烧法差异很大。樱桃肉,也是红烧肉的一种。它曾为清宫名菜,据《御香缥缈录》记载,慈禧太后暮年时喜食的菜品中,便有这道樱桃肉。只是当年御厨烹制这道菜时,是将猪肉切块,加调味料和新鲜樱桃一起烹制。而如今的樱桃肉和过去相比已有不同,厨师们不再把肉切成小丁,而是将一方猪肉在有皮的一面剞上十字刀。这样一来,上桌时,盘中的小肉块宛如粒粒樱桃排列,既显得整齐,又容易被筷子分开,用素色的盘子一盛,配上几种时鲜的蔬菜,再斟上一杯酒,便是相当完美的一餐。

在以细腻精雅著称的江浙,却时常能发现以整块五花肉作为食材的菜肴,如酱方、东坡肉、樱桃肉、烤方……但是,即使最适合大快朵颐的五花肉，一到了江南，便不经意间浸染了这里精雕细琢的气质。

就以这樱桃肉为例，选太湖农家猪的胸肋肉——因其肉质最嫩、肉味最香，刮洗干净，先入沸水中略煮，捞出往冷水里漂一下，随后在表皮上剞 1.5 厘米见方的十字花刀（深至第一层瘦肉），放入砂锅内（皮向上），用煮肉的原汤浸没肉块；将红曲米煮出红汁，米弃去不用，将红汁放入汤中，加入葱段、姜片、绍酒，以中火煮沸后，再放入白糖、食盐，转小火焖一个半小时，至肉酥烂，添入冰糖，改用旺火收浓汤汁；最后，将肉放在大碗中（皮向下），倒入红肉汁，盖上盖子，再用大火蒸上半小时。上桌前，将肉倒扣在盘中，同时用菜油煸好的豌豆苗围在盘边即可。

苏帮菜素有"苏甜"之誉，其风味甜糯而柔嫩。同样是用猪肉当中最普通的五花肉制菜，较之杭州的东坡肉，樱桃肉显得更为艳丽、温柔。当那颗粒晶莹温润、艳丽香浓的樱桃肉用一个古雅的冰纹素盘端至眼前时，初识者很难将其与普通的猪肉联系在一起。瞧那盘中，碧绿的豌豆苗衬着艳丽的樱桃肉，宛如绿叶衬着娇红的樱桃，真有南唐诗人冯延巳描写樱桃的名句"一树樱桃带雨红"之感。

樱桃肉不仅卖相好，滋味更是一绝。老食客都知道，苏帮菜中诸多肉味皆靠火功，成菜要求"形散而神不散"。这道樱桃肉，用筷子一夹，摘下一颗"樱桃"，入口已是三分化，略一抿，无须劳烦牙齿，那浓稠、肥腴、咸中带甜的酥肉，便全都融化下肚。此刻，给人的是一种极度满足和酣畅的感觉。只消一尝，便欲罢不能了。

喜爱樱桃肉，除了它好吃之外，还有一个原因，就是容易把它与那甜到心坎的苏州美人联系起来。想象着水乡古典美女，出现在烟雨迷蒙的雨巷，美人抿住樱桃小口，带着诱人的青春气息，玲珑剔透地走来，竟让人的思绪在这个春日午后，无端地缠绵起来。

甜

周华诚

"然后是甜,夹杂着槐花或油菜花蜂蜜的甜,有时是豆沙与蔗糖或红糖的甜。"我在某篇文章里写过这样一句话。

写到甜的时候,舌尖会冒出丝丝甜味的幻觉。感受甜的味蕾分布在舌尖,故而甜适合用舌尖舔之;而苦在舌根,人对苦意有本能的戒备与抵抗,良药苦口,咽下去了,才尝出是苦。接收咸与酸的味蕾,都在舌头的两侧——口腔若是一片海,舌头就是那一叶桨,轻轻摇,轻舟已过万重山,千帆过尽皆不是,百般滋味在心头。

甜是自然之物,深藏于草木之中。

白嫩的草芽,初绽的花蕊,都有甜;秋天废弃在地里的玉米秆,在寡淡的日子里嚼来,也有隐约的甜意。更多的甜,隐藏在瓜果之中,分散排列,化于无形,像大师退隐山林,悄无声息,泯然于众人。

甜是清脆的——"咚咚"响的西瓜比"嘭嘭"响的要甜。没有甜的生活很沉闷,而清脆的日子总有些许甜意在。

甜意的收集者,一是阳光,二是蜜蜂。

阳光是一座大工厂,采用浓缩和提炼的方式,大规模收集和生产甜意;蜜蜂是小农经济,如手艺人般单打独斗,不知疲倦又乐在其中。

我们现在所吃的蔬菜水果,很多都是舶来品。造糖之法,也是舶来品。

不过，长久的在地性早已使外来之物具有了本地水土的特征，使之变成了"方言"。造糖与本地生活融为一体，水乳交融。我在乡下看过人家榨汁熬糖，整个过程蜜汁流荡、行云流水，没有什么比这件事更让乡村泛出前所未有的甜蜜。

请允许我慢慢地来描述——空旷的田野间有一个大灶，烟囱并不高大。土灶看上去像一个敦实的地窝子，地窝子挨着一座小房子。这个时节已经到了开榨熬糖的时候，三三两两的农人正推着满车的甘蔗从四面八方而来。他们的动作从容而舒缓，仿佛对这件事一点儿都不着急。他们把甘蔗一根接着一根送进榨汁器，甘蔗进去的时候是坚硬的，从另一头出来时就成松软的蔗渣了，而隐藏在甘蔗中的含有糖分的汁水汩汩而下，汇入机器下面的一只大木盆中。

接下来，他们把满盆的糖水倒进大锅，大锅底下熊熊大火正燃烧着。熬糖师傅一边搅动锅中的糖水，一边在雾气蒸腾中品享甜意——他早已被甜的部队包围，要知道，连那白色的雾气都是甜的。

火继续旺着，锅中的水分继续蒸发，糖水越来越稠，它们缠上了搅棍，使得搅棍无法脱身，休想逃跑——慢慢地，连周转也变得困难。掌握好火候在这时尤其重要。这个过程很短暂，但是经验丰富的熬糖师傅深得其中的奥秘。他会在某个节点戛然而止，然后迅速地把正在变稠的糖液盛起来，摊晾，在温度下降的过程中，糖液慢慢地就凝固成了糖。每年农历十月后，村里的榨糖铺就开始榨糖。糖铺冒出腾腾热气，把糖香送进整个村庄。

许多年前，我在一个叫山溪边的村子里花了一整天时间观看熬糖。那糖铺四周的人，来来往往，说说笑笑，没有人生气、忧伤或叹气，所有人的脸上都带着笑意。我相信，在贫瘠艰辛的乡村，糖的甜意对于人们的生活有着强大的疗愈功能——它带给人美妙的幸福感。

如果盐是空气、粮食，糖就是音乐、笑声。表面上看盐不可或缺，可如果没有糖，日子也会无比艰难。

某一天，我在网上买了一堆书，其中有季羡林先生的《蔗糖史》。我读得兴味盎然。

季先生是学问家。我总以为，学问家便是善于从细微狭小的切口入手，做出蔚然大观的学问来。表面上看，季先生这本书说的是蔗糖，其实是透过小小的蔗糖，纵观整个东西方文化的交流，以及从传统到现代的社会变迁。

不就是糖吗？季先生愣是耗费20年光阴，皓首穷经，洋洋洒洒，写下七八十万字来——这简直是跟甜杠上了。

20年间沉迷于一件事，无他，甘之如饴是也。

饴也就是糖，麦芽糖。小时候不常吃到麦芽糖，过年方有。过年前大人常买麦芽糖回来敬供灶王爷。麦芽糖还用来做米爆糖，那是老家常见的一种用麦芽糖冻结炒米而成的甜品。

人多以为苏杭人喜欢在菜里加糖，其实是误会。杭州菜以清鲜为特色，大多数菜里并不放糖，然而最知名的两道菜——西湖醋鱼、东坡肉——都是要放糖的，放的量还不少，也就使人觉得，杭州菜都是甜滋滋的。

要说甜，无锡菜才是最甜。不管是酱排骨、脆爆鳝，还是小笼包子、糖芋头，哪怕是煮一碗面，一概都是"咸过头，甜收口"，甜到骨子里，甜得使人欲罢不能。

红烧肉、红烧鱼都要放糖——主料下锅前，糖要先炒。通过炒糖，使糖焦化，获取红亮的颜色和独特的焦糖风味。做红烧肉时，红亮的糖色使肉极为诱人，咬一口，瘦肉酥香，肥肉紧致，香味浓郁，入口即化。

甜与咸的平衡，简直妙不可言。

然而更多的时候，做菜放点儿糖，并不是为了使菜变甜，而是用于提鲜，但很多人并不理解。很多事也是如此，只看表象，往往误入歧途。

江苏如皋，有一种糖叫"秦淮董糖"，据说最早的制作人是董小宛。

董小宛，红袖添香兼善解人意，世上男人们的梦中情人——这个女子是冒辟疆的妾，"秦淮八艳"之一。她的好还在于其名列"中国古代十大名厨"——她经常研究食谱，勤学好问，看到哪里有新奇的做法，就千方百计学回来。她腌制的咸菜，能使黄者如蜡、绿者似翠，即使是野菜，一经她手，也都生出奇香异味。

冒辟疆在《影梅庵忆语》里，深情地写到董小宛的种种厨艺，包括制作桃膏、瓜膏、红腐乳等点心小吃的步骤方法，譬如"走油肉"，也是董小宛的创举。

清《崇川咫闻录》记载："董糖，冒氏民妾董小宛所造。"

董糖者，以精细的白糖、褪壳的芝麻、纯净的饴糖，加上等面粉制成的一种糖，此糖酥松香甜、入口即化，如皋人到现在都喜欢吃。

在永定土楼，坐下来喝茶，胡乱闲聊。卖茶的女人说她有一种草木茶，其中有十几味中草药，都是野生的东西，干草干花，零碎混杂一处，颜色很好看。女人说草木茶泡水喝，护肝明目。她说着就从草木堆里拈出一小片叶子，让我放在嘴里尝尝。一尝，觉得甜。甜味丝丝不断，在舌尖涌现。

这是甜叶菊的叶子。甜叶菊，原产于南美巴拉圭和巴西交界的高山草地，自1977年以来，北京、河北、陕西、江苏、安徽、福建、湖南、云南等地均有引种栽培。网上还说，甜叶菊的叶子含6%~12%的菊糖苷，精品为白色粉末状，是一种低热量、高甜度的天然甜味剂。

甜叶菊很有意思，它比蔗糖甜两三百倍。非洲热带森林里有一种西非竹竽，果实的甜度是蔗糖的 3000 倍。非洲还有一种叫薯蓣叶防己的藤本植物，果实的甜度是蔗糖的 90000 倍。

世上最甜的植物，会被自己甜到吗？

舌尖上的乡愁

威灵仙

回不去，故乡最后终将变成故乡的风物，在每个春天扎到心上来。那么，就不妨带着舌尖上的故乡与乡愁走下去吧。远方虽然一无所有，路上却有着真实的自己。

小区里新来了一户卖水果的人家，品种还算丰富，时不时能见到山东的水果。春日里的大樱桃经过长途运输与周转，虽然略带憔悴，但到底要比本地的更香甜一些，个头与色泽也好。西瓜上市后，也特地打出了山东自产西瓜的招牌。这时候问起来，才知道摊主原来是同乡。我跟他抱怨吃不到新鲜水果，所有水果都运了又运，只是一味甜或酸，完全没有新鲜的香味。他便一句一句附和着："就是，要是吃水果啊，还是得回咱们老家，那才是新鲜水果，又好吃又便宜。"两个人隔着摊子，都愁眉苦脸的。

偏母亲又打电话来问："院子里的杏已经熟透了，能等到你回来吗？"一时之间，只觉舌头硬麻，涩而又重的乡愁缓缓泛起，完全讲不出话来。看看周围的陌生人，真是惆怅死了。

晋人张季鹰在洛阳，因见秋风乍起，思念吴郡的莼菜羹与鲈鱼脍，于是长叹一声："人生贵得适意尔，何能羁宦数千里以要名爵！"立时起身辞官归故里，留下莼鲈之思的感慨供后人不断拿来发挥。

我是北方人，莼菜、鲈鱼虽然也很爱，可是真的要思念到恨不得立时回家乡的，还得说是黄鱼和各种水果们。

每年杨花一谢，天气渐渐变暖，我便开始发疯般想念黄鱼，年年发作，无药可救。说起来，渤海湾的黄鱼真是世界上最美好的鱼类。

春日的黄昏里，一条条洗净码在盘子里，鱼肚子微微折射银光。炉火事先烧起来，锅和油都热着，取一只大碗调匀蛋液，加盐少许，把黄鱼裹了蛋液，入热油略略煎熟，鸡蛋成形便铲出。装在白瓷盘里，要趁热攒来吃。鸡蛋略老，带着黄鱼的鲜香，鱼肉却极为细嫩，两者相互映衬，互为君臣。待要赞它，却也没什么好说，只有"唔"一声，抓紧时间再吃下一口才是正经。

初中时住在学校，每到周三可以回家带饭，周四上午三四节是雷打不动的物理课。有一回恰好带了黄鱼回学校，早上没吃饭，快到中午的时候，物理老师却怎么也不肯下课，似乎总也讲不完。桌洞里的黄鱼又时不时散发出细细香气，时间过得慢极了，肚子每"咕噜"一声，香气便浓郁一分……这真是对生理和意志的双重考验。我后来常想，还好生在和平年代，不然我肯定早早就叛变了，不用别的，一条黄鱼就打发了。是的，我偷偷吃掉了一条鱼，就在中年秃顶男的眼皮底下，拿物理课本做了伪装。

这么多年过去，物理课代表考物理不及格的尴尬和悲愤早已烟消云散，取而代之的是一种温柔的牵动：啊，我当年在物理课上偷吃过一条黄鱼啊，美味的黄鱼！而那本物理书，直到我毕业都还保留着当年的油花与香气——书犹如此，人何以堪！

小城临水，几条河如丝带绕城而过，河边密密种了许多杏树与桃树，春来颜色很是娇媚，远远望去一片新红杂粉白。五月末，沿河的公路边有果园的人家便摆摊卖水果，都是新从树上摘下的，价钱也极便宜，大而甜的杏，三块钱一斤就能买到，油桃还要便宜点。她们每次也不多摘，小小一堆摊在面前，一边与不远处的人闲话家常，一边等有心要买的过客。没人来买也不急，反正都是一个价，各家的水准也都不差，总会有人带几斤走，卖完就再返身到园子里去摘。因为住得近，常与同学骑了自行车去买来吃。没有多少钱，可是每天都可以捡顶好的水果买来吃。有时候撒娇跟阿姨们砍砍价，她们也会在杏子外，多加两个油桃给你。回来的时候，天还不算黑，初起的夜风鼓满裙子，墨蓝色的头顶有一两颗小星。

五六月的街头时常有人推了板车卖樱桃，间或也有枇杷。樱桃分好多种，有大而红艳的本地樱桃，有红到发紫的烟台大樱桃，有浅黄色的酸樱桃，有大而甜的樱珠，也有小小一颗如红豆一般的土樱桃。

土樱桃很酸，因此卖得便宜，带回家，盛在敞口浅碟或者白色粗瓷碗里都很好看，像从齐白石的画里端出来的。

天气热的时候就有西瓜吃，痓夏时也只有这个能入口。打一桶凉水，提前一小时把西瓜浸下去。到中午取出来，擦干，当中剖一刀，便是我和母亲的一餐饭，大的一半给她，小的一半自啃。两个人都恹恹的，也不多话，各自拿勺子挖着吃，我容易饱，有时吃完还会陪母亲坐一会儿，更多的时候就径自去午睡了，也不管那一桌子的汁水狼藉谁收拾。

七八月间的桃子最好吃。午睡起来，带着一身汗印迷迷瞪瞪地坐在树荫里，母亲面前有削好的桃子，白的、白中带红的、黄的、红黄相间的，味道都不一样。一般说来不用削皮的水蜜桃最好吃，甜而多汁。纯白色的果肉不如白中带红的甜，两个都十分脆，而黄色的多半是黄金桃，又酸又甜，味道极浓，要放一放才好吃。这种吃法，在北京几乎是不可想象的。而我在家时，随母亲去买桃子总是要拿袋子去，桃子个大，每种买上几个，等全买遍就差不多装了半袋。回家取出来放在北窗下，可以吃上好几天。

故乡遥，一步步越走越远，便越不可能回去。事实上，每个离开故乡的人也都在同时被故乡抛弃。从此后，故乡的月色再好，也只留在回忆与寄望中。每个游子都各有一副衷肠，踏上自己的路，各人领受一分景色，也只能硬着头皮走下去。故乡早已在身后变了样，即使回得去，自己也还是异乡人。

回不去，故乡最后终将变成故乡的风物，在每个春天扎到心上来。那么，就不妨带着舌尖上的故乡与乡愁走下去吧。远方虽然一无所有，路上却有着真实的自己。

烧 鹅

南在南方

侯长喜先生讲笑话,说有个人去烤鸭店问:"是正宗北京烤鸭吗?""瞧您说的,不正宗您打我脸。"不一会儿,烤鸭端上来了,那人说"先别片皮",他瞅了瞅鸭屁股说:"这是长江鸭,做咸水鸭最好了,换。"不一会儿又端上来了,那人又瞅瞅鸭屁股:"这是鄱阳湖鸭,好做卤鸭脖子,换。"不一会儿又端上来了,他又瞅瞅鸭屁股:"这是白洋淀的麻鸭,熘鸭片儿最好,换北京白鸭。"这一次,出来一位白帽高耸的人,作揖说:"大师,这死鸭子您都能看出来其出身啊!我从小是个孤儿,您给看看我是哪儿人?"边说边脱裤子。那人高声喝止:"我就是干了半辈子接待科科长……"

烤鸭滋味多,吃倒是吃过不少,也不知道正不正宗,只是觉得好吃。

看《知堂谈吃》:"脆索索的烤焦的皮,蘸上甜酱加大葱,有什么好吃的……这至少不是南方味……烧鹅我却爱吃,那与烤鸭子有好些不同,它不怕冷吃,连肉切块儿,不单取皮和油,又用酱油和醋蘸,便全是乡下风味。糟鹅和扣鹅也很好吃,要说它比鸡更好似乎并无不可。"

不禁哑然失笑,他大半生在北京生活,还是吃不惯烤鸭,可对老家绍兴的烧鹅却是念念不忘。

知堂先生至少三次专门写烧鹅:"北京有鹅却并不吃,只是在结婚仪式上用洋红染了颜色,当作礼物,随后又卖给店里,等别的人家使用,我们旁观者看它就是这样养老了，实在有点可惜。大概还是奠雁的遗意，雁捉不到，便把鹅来替代，反正雁也就是野鹅，鹅的样子颇不寒碜，的确可以替代得过。"

"可惜它这样养老了"，这一句藏着无数念想。看人吃饭跟看人结婚，常常能让人有些想法，只是对于食物的念想更辽远，好像更容易得到。但只是好像，对知堂先生来说，和兄长鲁迅一起卖掉祖屋之后，活到84岁，再也没回过故乡。

他还写道："吃烧鹅亦自有其等第，在上坟船中为最佳，草窗竹屋次之，若高堂华烛之下，殊少野趣。"

知堂先生吃过的烧鹅到底是怎么做的，他没细说，惹得我想知道。手边有《随园食单》，拿过来翻，上面记着"云林鹅"。

倪云林是元代画家，是个讲究人，留下一本饮食制度，其中写有烧鹅的做法：将鹅洗净，以葱、椒及蜜、少许盐、酒涂抹一遍，再用盐、椒、葱、酒多擦鹅腹内部。锅内用竹棒搁起，放水一盏、酒一盏，将鹅肚朝上放入锅内。盖锅盖，边沿用湿纸密封，时时留意，见水干则以水润之。扎大草把儿一个从下烧之，不要拨动，待烧尽，以同样手法再烧一个草把儿。火尽后，等锅冷开盖，将鹅翻至肚子朝下。又以同样手法密封，烧草把一个，候锅冷却，烧鹅即成。

照我看来，两个草把儿烧好一只大鹅，好像有点儿不够，正如书单上说，"杭州烧鹅，为人所笑，以为生也"。

倪是无锡人，苏杭流韵，想来手法差不了多少，至少不是广东那种带烤的烧法。后来在网上遇着一位绍兴朋友，他说他们本地的家常做法就是在锅里下些茴香、陈皮来煮，煮至肉熟捞起切了吃。至于扣鹅要蒸，切成块，一般要跟白鲞码在一起，鱼鹅相互给味，等蒸好，翻在青菜头上，看着养眼。

我只吃过广东的烧鹅，相比烤鸭，它的味道更丰腴一点儿，吃了也就吃了，不吃，断不会想吃，因为吾乡缺河流，对于水禽之味，没有概念。而对于食物的念想，只存于年少吃过的有限食物之中，入骨入髓，无法泯灭，也无法替代。

不过，我与鹅还有些缘分。吾乡是喀斯特地形，存不住水。外爷住在20里外的河边，养了一群鸭子和一只白鹅，跟鸭子比，白鹅是个高个子。鸭子嘎嘎叫声一片，只要白鹅叫一声，它们就噤声了。白鹅摇摇摆摆去河边，卧在水上，或者振一振翅，都有点儿超然物外的意思。

白鹅从河里回来，人来人往，它不晓得让一让，只是大摇大摆，非得人捉着它的脖子提到一边，它怔一下，重新在路上大摇大摆起来。它好像还喜欢护院，外爷家来人，它要上前啄两下，来只狗，它也得扑过去，狗发怒冲它吠，它也生气，叫声更大。

那时，每次去外爷家，总会第一时间看到它。只是，有一年河里涨水，水进了屋，外爷外婆夺门而逃，等水退，家里的椅子、鞋子被冲走了，那群鸭子和白鹅也不见了。

我听说后，有点儿想哭，想着它们会游水，会不会回来？其实，这是小孩的天真，外爷说："洪水过后，哪儿还有活路呢？"

多年之后，我听京剧，听诸葛孔明唱："我正在城楼观山景，耳听得城外乱纷纷。旌旗招展空翻影，却原来是司马发来的兵……"不知怎的，就想起那只白鹅，它有这个派头。

无锡有面
王 伟

"江南好,风景旧曾谙",爱吃面食的北方人慕名来江南,出发前最大的担心,除了听不懂云里雾里的吴侬软语,就是能否适应鱼米之乡的饭食。殊不知,江南人对面的热爱一点儿也不亚于北方人,几乎到了如痴如醉的地步。如果举办城市面食博览会,南京的皮肚面、镇江的锅盖面、常州的银丝面、江阴的刀鱼面、苏州的羊汤面、昆山的奥灶面……哪一个不是结棍(吴语:厉害)的狠角色?来过江南,如果没有品尝水乡的面,倒是一件人生憾事。

无锡人更是无面不欢,不仅浇头繁多,吃面也是最认真的。真正的美味讲求大道至简,看似最简单的一碗面,蕴含着无穷的变化,就连一小块生姜都能被演绎得出神入化——只需切成细丝用陈醋浸泡,挑一筷子入口,一丝辣、一丝酸,与顺滑的面条和丰腴的高汤缠绵,从舌尖蔓延,在口腔中弥散,滋润到喉头,刹那间活色生香,怎一个"羡"(吴语:好得很)字了得?

有道是"南式面条重汤,北式面条重面"。无锡的面条只有拌面、汤面两种,拌面有热拌面和凉拌面之分,用酱油、麻油、味精、白糖、葱花拌制,并奉送一小碗面汤润口;汤面则有红汤、白汤之分,加酱油者为红汤,不加酱油者为白汤。浇头丰俭由己,姜丝、辣菜、三鲜、雪菜肉丝、酱鸭、爆鱼、脆鳝、鳝糊、焖肉、面筋、素鸡、糖醋排骨等都是无锡人的心头好。然而，无锡人向来有"一碗面，半碗汤"的说法，面条和浇头只是锦上添花而已，只有面汤才能决定一碗面的格局。

几十年前，无锡人皮夹子空瘪，市场上副食品匮乏，进面馆多半只会点一碗最便宜的清汤光面，美其名曰"阳春面"，外观上平平淡淡、清清爽爽，却有"一阳初动，万象春回"之意。由于没有浇头衬托，阳春面反而是最见面馆师傅功力的。毕竟，清汤不是清水，汤汁独自撑起一碗面的灵魂，上好的阳春面必定有上好的高汤。各家面馆的高汤都有自己的秘密配方，有的用大骨，有的用鳝骨，有的用螺蛳，有的用鸡架，加上蔬菜和香料，文火慢慢熬出高汤。无锡人常用"鲜掉眉毛"形容汤汁美味，故而面不可多，以免喧宾夺主。所用葱花必是去除葱白的细香葱，胡葱、京葱难当大任。盛在青花瓷碗里的阳春面，面条宛如西施的发髻般纹丝不乱，汤面泛起点点金黄的油星，碧绿的葱花漂浮其间，和洁白的面条相映成趣，仿佛江南水乡那一抹淡淡的青山绿水。

花开常有时，只待有缘人。无锡人爱面更懂面，老克勒（吴语：生活精致的人）去面馆点餐，不会报切口是要被人笑话的。按面汤多寡可分为宽汤（汤多）、紧汤（汤少），按有无佐料可分为重香（多放葱、蒜）、免青（不放葱、蒜），按面熟程度可分为立直（滚边）、断生（一滚）、健面（二滚）、透面（煮得较透），按浇头配置可分为重浇轻面（浇头多面少）、重面轻浇（面多浇头少）、面浇（浇头置于面上）、底浇（浇头置于面底）、过桥（浇头单独用小碟盛放）等。时间是美食最大的敌人，无锡人吃面向来都是人等面，不会让面等人，师傅捞面出锅时要在笊篱里抖三抖，确保装碗不拖水，不泼汤，上桌后客人要趁热吃下。因为江南的面通常加入碱水以增加韧劲，面汤煮久了会变混浊，有些嘴刁的客人往往赶在清晨面馆开门时享用清爽滑溜的"头汤面",而且指定要现切的葱、蒜,隔夜的不香。有如此要求高的客人,无锡的面能不尽善尽美吗?

在无锡人眼里,吃面是一桩大事情,没有什么食物比一碗热气腾腾的面更能温暖人心。平常的日子里,侬本多情的无锡人不会像电视剧里那样"你肚子饿不饿?我煮碗面给你吃",但见老倌(吴语:老公)挽上戒指婆(吴语:老婆),拉上佬小(吴语:孩子),牵上细狗(吴语:小狗),踱进面馆下了单,末了不忘加句"奥扫(吴语:快点)",老板不管手头有事没事,都会本能地应答:"来哉!"

须臾,一碗面端上桌,氤氲蒸汽打开脸上每一个毛孔,举起筷子,轻轻提,深深吸,慢慢咽,在哧溜声中面碗见了底,美好的一天在大汗淋漓中开启。说到底,吃吃白相相(吴语:玩玩乐乐)同样是幸福人生,一碗面也是可以把人生装满的。

市井深处的粢饭团

穿过流水

深秋，天气骤然凉了，出门看见车轮卷着黄叶经过，寒意袭人。公司楼下开了一家名为"桃园眷村"的台湾馆子，除了卖经典的大油条和美味的豆浆，还有几种不同口味的粢饭团。我最喜欢夹着台式香肠、咸菜和特制油条渣的饭团，因为那是我在北京吃到过的最接近故乡口味的饭团，虽然配料的味道略有不同，但软糯的米粒都足以让人心生一番绵绵的滋味。

高中时，我家附近有个粢饭团摊，做粢饭团的中年妇人早上很早就推着一辆木头小车过来，围上朴素而干净的围裙，开工卖饭。每每见她用纱布裹些粢饭团，再把自制的香肠和土豆丝放在上面，揉成团状，压实，成型。站在旁边，猛吸一口气，便觉得那粢饭团分外喷香，咬到嘴里，顿时香气四溢，吞到肚子里，有踏实而满足的感觉。好的粢饭团，米粒间要紧实弹软，温度也要适宜，里面裹的馅儿得有甜馅儿和咸馅儿之分。香肠和土豆丝就属于咸馅儿。香肠得是自制的，里面灌的肉要香而易嚼。土豆丝或者其他咸菜必须是现炒的，温热新鲜，配在里面才好烘托出香肠浓郁的香味。反倒是卖粢饭团的行头不怎么讲究，有穿白大褂的，也有系花围裙的，每个粢饭团摊主均有属于自己的风格。

读高三时的那个冬天，父母常一大早就去给我买饭团，因为粢饭团不能二次加热，所以他们每次都用厚围巾裹着保温。而我，总是很快将饭团塞到嘴里，特别满足地吃完；或者带两个去学校，和同桌趴在教室外的护栏上一起吃。那时候，我们一边看着远处马路上来往的车辆，一边任凭夹着香肠的粢饭团在嘴里爆炸，猜测着彼此未来会去哪座城市读书，那座城市又是什么模样的。记得有一次，同桌和我说："你知不知道世界上有个地方叫香格里拉？'香格里拉'是世外桃源的意思，那里有雪山、冰川，还有很多神秘的山谷……"我听着她的描述，觉得香格里拉很美好，与她相约日后去那里生活。少年时，人总是充满对未来的想象和勇气，以为只要我们长大，就会无所不能，就没有抵达不了的地方。

细细算来，整个高三我吃下的粢饭团加起来大概可以堆成一座小山，用今天的话说，我算得上是粢饭团摊的"宇宙超级无敌 VIP 王者卡"客户。

进入大学，学校食堂偶尔也会做些简单的饭团，将雪里蕻和肉末草率地夹在里面——在单调的年代，这样似乎已经足够。大一时学校安排了晨读，一早醒来先去食堂买早饭，然后顶着瑟瑟的冷风从食堂走到教室，这时粢饭团成了不错的暖手袋。待进到室内，坐定，乘着透进玻璃窗的阳光看书、吃早饭。阳光折射后洒在包着饭团的塑料薄膜上，有种奇异的色彩。那时我还没意识到，这段安静而充实的光阴在日后忙碌的岁月里显得多么珍贵。

毕业后我来到北京工作，有很长一段时间都没有找到卖粢饭团的地方，于是妈妈每次来看我，都会买好粢饭团用饭盒装好带来。数年过去，现在我坐在公司楼下的小馆子里，点杯豆浆，配上饭团，咬一口，便可开启昔日时光的闸门。

最终我也没有去香格里拉，但我公司附近有一家叫香格里拉的酒店，虽然两者差着十万八千里；同桌去了更远的国度，那里没有香格里拉，但靠近雪山。

一年将去，周末在家整理房间，心情也随之明朗了许多。黄昏时从阳台收回浸着阳光味道的衣服，抬头望见天空与众不同的光彩，某种闪耀的东西幻化进了眼眸。回到客厅，翻翻旧相册，生命中飘落的场景、爱我的人们的容颜，一一堆积，恣意淡然。离家越久，就越发能感受故乡和曾经的人与事、亲情与友情在自己心中的分量，好在，食物给了记忆最大的安慰。

岁月滋长，有时回到故乡，我还是会去买上一枚粢饭团。手中的粢饭团褪去了所有的浮华，只有踏实的纹路，闭上眼睛，空气中的味道令人无比依恋，好似某年某日的惊鸿一瞥，其间包含了无限的温柔。

我始终相信，所有关于食物的风花雪月都是可以被记录在案的，哪怕韶华会远，朝颜易逝，哪怕所有的灯火皆已熄灭。

盛夏的杨梅
殳 俏

初夏时光,日头微辣,是吃枇杷的季节。剥去那层披着细绒毛的枇杷外皮,大口吞咽枇杷的甜汁,直吃得两手上有一种甩不掉的山野涩味,熟悉这味道的人抓过手来闻,开玩笑道:"是枇杷树的香气呢。"再转入盛夏,天气渐渐闷热得让人只想赖在室内,便是吃杨梅的时候了。苏州人说"东山枇杷西山杨梅",夏天的两种好水果在他们的地盘上都齐了,吃完枇杷吃杨梅。据说吴人和闽人还曾经争执过,到底是吴地的杨梅好,还是闽南的荔枝好。一方说,杨梅是"星郎驾火云";一方辩,荔枝是"玉女含冰雪"。其实只说明两种佳果都各有滋味,且意境完全不同。微酸爽口的杨梅跟甜糯丰硕的荔枝,就像是西施和杨贵妃的差别,前者吃多了酸得倒牙,后者吃多了热得上火,所谓的佳人、佳果,贪多了都会有副作用。

周瘦鹃曾写自己在杨梅时节到苏州的西山游玩,一路上所见的不是枝头累累的红紫渐变的杨梅,就是已采摘下来放在筐里的深紫色的熟透的杨梅。那时候的杨梅多到农家完全不过问,放在路边的筐子里,可以随便拿来吃。周瘦鹃的朋友为此作诗赞叹:"一路杨梅摘,无须问主人。"周瘦鹃的《西山游》写于1947年左右,在我小时候,纵然已经没有了"无须问主人"的境界,杨梅也是不稀罕的水果,一到时令,家里三天两头都会堆起红得发紫、紫得发黑的果实。老人们不住地叮嘱："杨梅容易烂，容易生虫，摘下来了就赶快吃。"所以，学生时代那些即将迎来暑假的日子，我都是就着一碗杨梅，准备期末大考。午后的太阳把人晒得昏昏沉沉，摇头的电风扇也起不到任何清醒头脑的作用，只要吃一颗杨梅，那清甜中腾起的蓬勃酸味和奇特的质感，都会让我瞬间提起精神来。据说古人形容美女吃杨梅为"小嚼沁桃腮"，依我看来，以一颗好杨梅的大小和一个正常女性的腮帮子尺寸，"小嚼"真是太难做到了。

在杨梅还没装进小盒、饰以叶子当金贵水果出售的年代，吃不完的杨梅用来泡高粱酒，真是天经地义的事情。那时候，很多江南人家中常备杨梅酒，非但杨梅泡在里面历久不坏，且还能治腹泻。正因为如此，小孩偶尔偷几个酒里的杨梅吃，也不会遭到大人过分的责备。"总之吃不坏，只会吃醉而已。"但是调皮如我，哪是吃三四个就肯收手的？有次趁长辈不注意，我一口气吃了十余个泡在白酒里的杨梅。此时的杨梅早已跟鲜杨梅不同，柔软而吸饱了酒味，酸味全无，只剩一丝让肚子热乎乎的甜。本以为被大人发现后少不了一顿责骂，但他们竟然只吃惊于"吃了十几只泡酒的杨梅，这小囡竟然还没有醉，真是好酒量"。

搬到北京住后，每逢夏天就想念杨梅，但能吃到好杨梅的次数却逐年减少。最近去日本伊豆度假，看到山间有农民在卖本地特产"山桃"，凑近一看，可不就是杨梅吗。把杨梅叫作"桃"，不是新鲜事。苏州有一种白杨梅的品种，被称为"雪桃"，但我没吃过。日本杨梅的个头没有中国的大，颜色也不是深紫的，而是接近深红。"山桃"虽小，味道倒是很浓郁。见旁边还有卖"酒浸山桃"和"山桃果酱"的，我忍不住也买了两罐。品尝的结果，杨梅果酱倒是美味得很，酒浸杨梅却跟我记忆中泡在白酒中的杨梅大相径庭。因为是用红葡萄酒泡的，虽然味道柔和，也挺有滋味，但不知为何，就是少了点豪放的气概。如果是这么一个精致的小罐子，里面装着几颗小巧的杨梅，一定不如儿时那个大玻璃广口瓶里那些像乒乓球一样的"宝珠"来得有诱惑。

　　记忆中浓浓的夏天，浓郁的杨梅味道，浓烈得有点不知分寸的顽皮，就这么随着时光淡去了。

编后记

　　"美丽中国"是中国共产党第十八次全国代表大会提出的概念,强调把生态文明建设放在突出地位,融入经济建设、政治建设、文化建设、社会建设各方面和全过程。2012年11月8日,十八大报告中首次作为执政理念出现。2015年10月召开的十八届五中全会,"美丽中国"被纳入"十三五"规划,首次被纳入五年计划。2017年10月18日,习近平同志在十九大报告中指出,加快生态文明体制改革,建设美丽中国。2019年,习近平新时代中国特色社会主义思想对建设"美丽中国"做了重要论述。

　　建设美丽中国,作为全新的理念,展示了一幅山青水秀人美的如诗画卷，标志着我们党执政理念的重大提升，承载着一代又一代中国共产党人对未来发展的美好愿景，预示着生态文明的中国觉醒已经到来，奏响了新的时代乐章。

"美丽中国"丛书（6册）为甘肃科学技术出版社策划的主题出版物，是一套为广大读者诠释和宣传"美丽中国"理念的通俗读物。丛书以读者品牌为依托，围绕生态文明建设、绿水青山、扶贫攻坚、乡村振兴、匠人匠心等主题从《读者》及系列子刊等刊物、网站、图书、微信公众号发表的文章中，精选近300篇文章，汇编成册，整体反映"美丽中国"建设成就和风貌。丛书在策划、编辑出版过程中，得到了读者出版集团、读者出版传媒期刊出版中心等单位的指导和帮助，在此深表谢意！同时也得到了绝大多数作者的理解和支持，没有他们的授权和认可，就没有本丛书的出版面世，也就少了一个宣传和践行生态文明理念的平台，所以更应向他们致以最真诚的感谢！我们在编选过程中做了大量细致的工作，但即便如此，仍有部分作者未能联系到，对此深表歉意，敬请这些作者见到图书后尽快与我们联系。联系方式为：甘肃科学技术出版社（甘肃省兰州市城关区曹家巷1号甘肃新闻出版大厦，730030，联系人：马婧怡，0931—8152382）。

"美丽中国"的实质，就是引导人们在保护自然中发展经济，在经济发展中保护自然，真正实现经济社会发展与生态环境保护相统一、相协调。"美丽中国"丛书反映的就是山美、水美、人美，环境美、生活美、一切美。通过这些优秀文章和故事，凸显"美丽中国"的内在意义和精神主旨，整体展现"美丽中国"的全部内涵和丰富外延。习近平总书记说，人与自然是生命共同体，人类必须尊重自然、顺应自然、保护自然。还自然以宁静、和谐、美丽。这也是本丛书的策划初衷和最终的目标，也是出版人"不忘初心，牢记使命"的职责所在。

丛书从策划、编选至出版发行，历时两年，在 2021 年这个春光明媚的三月，终于如雨后春笋，瞬间碧绿修长升，为读者撑起一方心灵绿荫，这是春天带给我们最好的礼物。

编　者

2021 年 3 月